それなのに涙は退化した

―サンカヨウの祈り―

青空 雨実
AOZORA Umi

文芸社

目次『それなのに涙は退化した』

ミドルケアラー

私が初めて出産をしてから十年が経った頃に話は遡る。予想していなかった三人目の妊娠に、私は驚きを隠せずにいた。けれど、私の人生を左右する子だったと、今は確信を持って言える。

そのことに気が付いたのは、産気付いた日だった。その日は、亡くなった母の誕生日だったからだ。この子は母の生まれかわりなのかもしれない、と戦慄が走った。

鍵っ子だった小学生の夏休み。私は祖父母からお昼ご飯として、毎日二百円を渡された。そのお金で買うのは決まって、近くの商店で売っていたクリームパン一個と牛乳一本。甘くてふっくらしたクリームパンが唯一、嫌なことを忘れさせてくれた。

祖父母は普段、庭に生えている雑草のドクダミを煎じて飲んでいた。台所から漂う薬草の匂いが家中に充満した。飲んでみたが、思った通りの後味でマズい。

雑草だけれど「十薬（じゅうやく）」といわれる生薬として知られていたドクダミと、クリームパンの味のコラボレーション。誰も想像したことがないような奇妙な味は、母への想いと複雑に絡み合った。それを私は心の中にある箱に、どうにか仕舞い込んでしまおうと何度も試した。でも、ちっとも綺麗に納まってはくれない。箱からはみ出ては、常に暴れていた。

ある日、それはぱたりと止んだ。記憶の母が死んだのだ。でも代わりに母は、幼い私の無垢な心に、得体の知れないものを埋め込んだ。「憎悪」という黒々とした塊を箱に入れると、その蓋（ふた）をぴしゃりと閉めていった。

けれど、そうではないということに気付くまで、三十年以上かかってしまった。我が子が、母の誕生日に生まれたという偶然。それは、母があの世から私に訴えかけたような、不思議な出来事だった。

「真実は閉ざされた箱に隠されている」

あれは、死んだ母からのメッセージだったのかもしれない。


無事に三人目を出産し、子育てに追われる日々が始まった。想像を上回る忙しさに、自分の感情とゆっくり向き合う時間などほぼ皆無だった。買い物は常に早歩き。子どもを連れていない時は、ショッピングセンターを端から端まで走って用事を済ませていた。母のことに思いを馳せる時間などなかった。

母の誕生日に産気付き出産してから、二年という月日が経ったある日。夕食時に携帯電話が鳴った。私を育ててくれた祖母からだった。

「おじいちゃんが倒れて入院したの」

いつになく弱々しい声で伝えられると、私は一目散に子どもを預け、急いでお店に駆け込んだ。目についた下着類やパジャマをたった五分ほどで買い揃えると、祖父が入院した病院へ駆け付けたのだった。

病室に入ると、祖父はベッドでいびきをかいていた。傍の棚に敷かれたティッシュペーパーの上には、入れ歯が無造作に置かれている。祖父が総入れ歯だったことを、この時初めて知った。口元がくぼんだ顔は、私の知っている祖父の顔ではなかった。

ベッドの脇で、祖母が椅子に座って祖父の寝顔を眺めていた。一体何があったのかと尋ねると、祖父はホームセンターで急に具合が悪くなり倒れ、店員が救急車を呼んでくれたということだった。

直ぐに担当の医師と面談し、病状を聞いた。運ばれてきた時の祖父は傾眠傾向（軽い意識障害）で、下肢には脱力の症状があったという。CTスキャンなどの検査を行ったが、特に異常は見つからなかった。医師の見解では、服用している薬の多用があり、副作用が強く出たのではないかということだった。

病院は、連絡が取れる身内に来てもらうように祖母に何度も催促し、ようやく私に連絡したということだったらしい。それで、知らせが来るまでに時間がかかってしまったそうだ。

そもそも、祖母はなぜそんなに私への連絡を嫌がっていたのか。この時は気に留める余裕もなかったが、既にこの頃から祖母の私への拒絶は始まっていたのかもしれない。

まさにこの日、私のミドルケアラー（五十歳未満の介護者）としての生活が始まった。そしてスターターピストルは、強制的に鳴らされたのだ。

私は、グータラするのが大好きだ。できれば一日中何もせず、パジャマで過ごせるのなら、こんなに喜ばしいことはない。

だが、子育てはある日突然、そんな生活に待ったをかける。契約を交わしてもいないのに〝責任〟という風船を背負わされ、風船が割れたらゲームオーバー。参戦意思など尊重なしの戦いだと思い知らされる。

乳幼児は2～3時間おきに授乳し、それが数カ月経つと、睡眠中に寝返りをし、うつ伏せで寝始めてしまうことがある。うつ伏せ寝は、乳幼児期に見られる突然死の原因とも言われている。そのため大抵の親は、寝ていても子どもの様子を気に掛けている。これでは到底、心も体も休まらない。

何でも口に運んで確かめるような仕草が始まると、誤飲の危険性も高まる。大人が気付かない小さなゴミも、口に運んでしまうのだ。歩けるようになれば転ぶことは付き物で、運が悪いと怪我の後遺症……などなど心配は尽きない。

臨戦態勢が整っていなかった私は、不意打ちすぎて一向に着いて行けなかった。一人前の大人に育てるための関門は沢山あると思うが、まだ初期段階でこんなに高いハードルが設置されていることを、私は知らなかった。

私が第一子を育てていた時代は今と環境が異なっており、狭いコミュニティーの中で気の合うお友達を作らなければならなかった。私が住んでいたのは団地だったが、年代が違ったのだろうか、公園に行っても鋭い視線で見られ、子ども同士が遊具で一緒に遊ぶ雰囲気になっても、相手の親が遠ざけてしまい交ぜてはもらえなかった。公園にも派閥やグループがあることを知り、私たち親子は洗礼を受けることになったのだ。

その冷ややかな視線に耐え切れず、何もせずに帰ってきたことが何度もあった。原因は自分にあるのかと探ったが、動きやすいジーパンにTシャツなど周りから浮く格好はしていない。そもそも話もしていないのだから、嫌われる理由が見つからなかった。

たまたま溶け込めるお友達を見つけることができなかったのだと、私は自分に言い聞かせた。辛く、孤独な子育ての始まりになってしまったのはとても苦しかった。

当時、保育所の待機児童は二百人待ちなどざらだった。保育所に入所させコミュニティーを広げようという私の作戦は、あえなく頓挫。家計の足しにするにも、思うように働けない現実に孤立は増していった。

後に知ったのだが、保育所への入所も点数式によって優先順位が決められているとのこと。先着順だと思い込んでいた私は、「二百人も待っていたら、子どもが成長して学校に入ってしまうわ」と、本気で焦っていた。無知だったのが恥ずかしいと、今では笑い話の一つである。でも当時の行政が、制度をきちんと説明してくれなかったのもどうかと思う。知らないだけで、本当は優先順位が繰り上がり、即入所できていたかもしれないと思うと、やはりやり切れない。

私は、なぜ孤独に陥ったのか。それは、頼れる身内がいなかったことと、インターネットがまだ家庭に普及する前だったことも原因だろう。そして何より、行政が子育てを積極的にサポートする体制が整っていない時代だったことが大きな要因だったと思う。

そこにプラスして〝大人〟の自覚もなく、自ら〝大人〟を学ぶつもりも、教えを乞うわけでもなかった私。子どもが二十歳になるまで、〝責任〟という風船を割らないように戦うのは長期戦だ。指南してくれる先輩や仲間を見つけることができなかった私にとって、負け戦の始まりだった。

「子どもが子どもを産んだ」と、揶揄されることも度々あった。その都度、そんな嫌味が二度と生えてこないように、力強く踏みつけた。そうして地盤を固めることで、風船を壊さずにここまで戦い切ることができたのかもしれない。

だが、孤軍奮闘の育児は長く持たず、とうとう私は体に異常をきたす。

ある日、突然息ができなくなった。酸素を吸っても吸っても息ができない。救急車を呼んだ。診断は、過換気症候群（過呼吸）だった。それからは出掛けることに恐怖を覚え、電車やバスに乗ることができなくなった。そして、近所のスーパーに買い物に行くこともできなくなった。それがパニック障害の始まりだった。

誰にも理解してもらえない〝恐怖〟がいつも隣にぴったり張り付き、逃げ出さないように私を見張る。それはまるで看守のような存在であった。

私の子どもはミルクをあまり飲まない子で、乳児検診で平均値より低い体重だったことから、育児虐待を疑われた。目の前の数字だけで母親失格とされ、再度病院で受診しろと言うのだ。

私が一生懸命子育てをしていても、年齢が若いというだけで「子育てができるわけがない」

と言われているような態度に、悲しみを募らせていった。

医師にどうやって理解してもらおうか……と、とても悩んだ。「ミルクをあまり飲んでくれない子だ」と言っても、見た目で判断されてしまうことをなんとか覆したい。

祖父母の家から持ってきた少ない荷物の中に、私が赤ちゃんだった頃の母子手帳があった。そこには、私も平均値より低い体重で育った記録が残っていた。

私は、その母子手帳を持って、子どもを出産した病院の検診を受けることにした。

医師はその母子手帳を見て、

「他の子より小さいけど、お母さんと体質が似ているんだね」

と言ってくれ、ようやく胸を撫で下ろした。

それから数十年経った今でも、パニック障害という奴と付き合い続けている。

医師から祖父の認知症についても指摘され、私は驚愕した。それまで祖父の認知症を疑うことがなかったからだ。

けれど祖父は、八十歳を超えた老人だ。認知症をいつ発症していてもおかしくない年齢だった。そう言われてみれば、祖父の言動にも多少疑わしいところがあったと、今さらながら気付くのであった。

子育てで毎日忙しく、人より駆け足で二十四時間を送っているような感覚だった私は、祖父の変化を気遣ってあげる心の余裕がなかった。

月に一度顔を見に行っても、「まだ大丈夫だった」と思って、帰ってきてしまった。きっと私は、「大丈夫であって欲しい」と、都合の良いところしか見ていなかったのではないか。そう思い返して呆れた。

恐らくその頃から、祖父の認知症は少しずつ表面化し、薬の多用摂取をしていたのだろうと考えられる。今回は大勢の前で症状が現れたことで、私は祖父の認知症を真正面から突き付けられた。そしてとうとう認めざるを得なくなったという訳だ。

祖父が入院したその日は、ひとまず祖母を家に送り届け、買ってきたお弁当を渡した。「また明日迎えに来るから、一緒に病院へ行こう」と告げ、子どもを迎えに行くため祖母の家を出た。既に二十一時を回っていた。

翌日、祖母を連れて病院へ行くと、祖父は「帰る」と言ってきかなかった。

「昨日の検査結果がまだ出ていないから」

と言い、医師の退院許可が下りなかったと何度も説得。なんとか留めることができた。しかし、事態が思いもよらぬ方向へ進んでいることに気付いたのは、事が起こってからであった。

翌日の午前、病院の看護師から電話が入った。

「おじいさんが病室にいないんです。病院中探しましたが見当たらないので、今警察に電話しました。パジャマのまま外に出たのだと思います」

こういう時は決まって、無駄に器用なもう一人の私が顔を出し、あれやこれやと指示するのだ。しかし、感情が邪魔すると、どうもうまく指示ができなくなるらしい。看護師の言葉は脳には届くが、言葉を咀嚼（そしゃく）しても理解ができない。

電話を切って、もう一度看護師の言葉を頭の中で再生した。すると、急にもう一人の私がスイッチ・オンになったのか、次々とこんな言葉が浮かんでは消えていった。

「人様に迷惑を掛けてはいけないと、耳にタコができるほど躾（しつけ）をしてきたのはおじいちゃんじゃないか！　あんたが人様に迷惑を掛けてどうするんだ！」

「家に帰りたくて、着の身着のまま病院を出て行ってしまったのか？」

「警察だとか、大事になってしまってどうしよう。恥ずかしくて、病院になんて詫びたらいいのか」

それはもう、いろんな言葉が私ともう一人の私で行ったり来たり。まるで言葉がキャッチボールをしているようだった。

私は同時進行で下の子のお出掛け準備を素早く済ませ、体は病院へ向かっていた。

病院に着くと、下の子を抱えながらロビーで立ったまま、看護師から状況説明を受けた。すると、ショッキングな光景が目に飛び込んできた。

両腕をそれぞれ警察官に抱えられた、白髪の老人がロビーの入口からやって来たのである。うな垂れた老人の足下は泥だらけのスリッパだ。それは紛れもなく私の祖父だった。

情けなさと怒りと、悲しみと羞恥心が、ミキサーで混ぜられたかのようだった。どの感情が一番なのか、順位を付けることができなかった。

私は周りの患者たちの目を気にしながら、慌てて祖父に駆け寄った。

「おじいちゃん、どうしたの？　なんで勝手に外に出て行ったの？」

少し声量を抑えながらだが、鋭く刺すように言葉を投げかけた。すると、私はもっと鋭利な強い言葉で刺された。

「あんたこそ、誘拐されて人質になっていたんじゃないのか？」

私は時間を止めた。と言うか、止めたいと抗(あらが)った。

「誘拐事件？」

一体、何を言っているんだろう？　それより祖父は、誰かに何かされたのではないか？　それともこれは、壮大なドッキリか？　そんな非現実的な思考を始めた私ともう一人の私は、間違いなく混乱状態だった。

何かヒントを見つけることができるのではないかと、必死に祖父の目を食い入るように覗き込んだ。一瞬の表情や仕草を分析したが、〝嘘〟というワードに結び付けるものを見つけ出すことができなかった。

祖父は現実に起きていることから、生き延びるために必死だったのだ。どちらかと言えば、「タッタラーン！　壮大なドッキリでした」と言って欲しかったのは、祖父の方だったに違いない。

「近くの山に隠れていました。追いかけると逃げてしまって」

警察官はそう言った。祖父は、警察に追われるようなことをしたのかと、返す言葉が見つからなかった。

「警察官と鬼ごっこか！」

と、突っ込めたらどんなに良かっただろうか。まったく笑えない結果に、なんとも言えぬ後味の悪さだ。私は、お礼とお詫びを述べることで精一杯だった。私ともう一人の私の言葉のキャッチボールも、こうして止まった。

祖父を保護した状況を、警察官が看護師に説明し終わるのを待つことにした。その間祖父は、看護師の視界に入らないように、通院患者に紛れ込むことに成功したようだった。待合室の椅子の陰に座り、監視の目をどうやってかい潜ろうかと探っている。それはまさしく、ドラマで見る挙動不審な逃亡犯のようだった。

私は祖父の隣に座った。

「おじいちゃん、なんで山に行ったりなんかしたの？　みんな心配したんだからね！」

すると祖父は、こう言うのだ。

「あんたもよく逃げて来たな。あんた、人質にされてたんじゃないのか？」

私は、ため息交じりに答える。

「何言ってんの？　そんなことあるわけないでしょ」

すると祖父は、大真面目にこう言うのだ。

「ここは、俺をモルモットにして実験しようとしてるんだ。もういろんな管を付けてきたんだから！　だからおじいちゃん、必死に逃げたんだから！　だけど警察に見つかって、追いかけてくるから、もう、逃げた逃げた！」

まったく話が噛み合わない。私には、猿芝居に付き合う余裕などあるはずもなく、怒鳴りたいが、怒鳴れる場所でもない。それなら優しく接したらいいのか？　祖父の全てが私を迷路へ誘導し、ゴールを目指すことを諦めさせた。

警察官が帰るのを見届け、祖父がまた逃げ出さないように祖母に見張ってもらいながら、看護師に事情を聞いた。

「幻想や妄想を見ているのかもしれません。入院して環境が変わったことや、毎晩晩酌されるというお話を伺ったので、お酒が飲めないことで、禁断症状も出ているのかもしれません。それで、普段はあまり気が付かなかった認知症も、強く出たのかもしれないですね」

そういうことだった。私はお酒が飲めないので、禁断症状については全く理解できなかった。でも、認知症という言葉だけは否定ができなかった。

思い返してみるとその予兆は、数年前からあったのだ。高速道路で居眠り運転をしてしまった祖父が、追い越し車線で中央分離帯に車をぶつけ、右サイドミラーを壊してしまったことがあった。どうしたら良いかと私に電話で聞こうとしたが繋がらず、そのまま帰宅してしまった。

私はまだ三人目を出産して間もない頃で、子どもを寝かし付け一緒に寝てしまっていた。電話が鳴ったのに気付いたのだが、いつもの何げない電話だろうと睡魔に負けた。後で掛け直せばいいと、再度寝てしまったのだ。

あの時、すぐに電話を受けて警察に電話していれば、警察官と鬼ごっこをせずに済んでいたかもしれない。

そのくらい、認知症という病気を侮ってはならないとても危険な病気だったのだ。そのことを、身をもって体験した日になった。

この日は原因解明よりも、この「モルモットだ！」と言い張るじいさんを、どうにかしなければいけないと頭を悩ませていた。そこには背筋の伸びた凛々しい祖父ではなく、モルモットのように背を丸めた、哀れな別人がいた。

母と私

四歳の時に母が他界。そして父が蒸発すると、私は母方の祖父母に育てられることになった。自営業を営む夫婦の下に生まれ、安産とは程遠い出産だったと、よく祖母から聞かされていた。何度も出血し、医者や看護師から、「もう諦めなさい」と決断を迫られていたようだが、母が諦めることはなかった。母の粘り勝ちのおかげで、元気な五体満足の私が産まれた。

この時私がこの世に生を受けなければ、母は私の代わりに、今も生きていただろうか？ そんな思いが脳裏に浮かぶことがある。

私の性格は引っ込み思案で、人見知りが激しかった。それに、なかなか髪の毛が伸びない女の子だった。

髪が薄く短髪で、男の子に間違われることがとても多かった。そのため、首から下は女の子だと認識できる格好をさせられていた。よくスカートを穿かされていたし、ピンク系の洋服を着せられていた。今の時代、「女の子はピンク」という固定概念をなくさなければいけない。でも当時は、「女の子はピンクが好き」と決めつけられていた時代だった。

昔の写真を見返すと、海苔を頭に貼ったような短髪頭と、色黒の肌にパッとしない顔、そこにヒラヒラしたお洋服がミスマッチで、母のセンスを疑ってしまう。自分でも笑ってしまうのが情けなく、気恥ずかしい写真ばかりで誰にも見せられない。「私のセンスではない！」と責任転嫁するのが精一杯で、残念な容姿であった。

母は近所でも有名な美人だったようで、亡くなった時には、「一度お目にかかりたかった」と、何人からも言われたと祖母が話していた。

今は密葬や家族葬など、小規模の葬儀が多くを占めていると聞く。だが昔は、同じ町内会という括りだけで、会ったこともない人が葬儀に参列することは珍しくなかった。見たこともない、名前も知らない人がお線香をあげていることはよくあった時代だ。そんな美しい母の子どもだからか、私を可愛く着飾りたかったのだろう。顔は男の子にしか見えなかった海苔のような頭の女の子は、母の面影を彷彿させる欠片もなく、参列者は残念だっただろうなと同情してしまう。

今となっては、ほとんど記憶にない母のことを、残っている写真と記憶を照合するしかない。ましてや、幼い時の母のことは知る術もない。

それでもある日、幼少の頃の母の写真を見つけて驚愕したのを覚えている。なんと、白黒写真に納まっているのは、私そっくりの母であった。ここから海苔頭の女の子が継承されていたのだと初めて知り、DNAとは奇妙なものだと感じながら、少し誇らしく思えた。今は私の子どもにも継承されている。

十代の頃の母は可愛く、大人になってからはすらっとした一輪の花が凛と咲いているかのような女性だった。

そんな母が恋に落ちたのは、歳が少し離れた男だった。後に出てきた母の日記によると、出会いは喫茶店だったようだ。そこからデートを重ね、早熟な結婚をすることになるのだ。その相手が、私の父だ。

「恋は盲目」と言われるが、父と母の恋愛は歳が離れていることもあり、周りの反対を押し切った母が十八歳の結婚であった。そのため、大々的な結婚式や披露宴は行っていない。結婚の参拝をした時のだろうという写真が残っているが、本当に大丈夫だろうかと疑問を投げかけたくなるほど、母にはあどけなさが残っていた。だが本人は周りの心配などお構いなしに、とても幸せそうだ。可愛らしいマーガレットの花のように、無邪気な笑顔で写真に納まっている。

そんな母を射止めた父はというと、お世辞にもイケメンとは言えない。ひょろひょろで肌が黒く、目がギョロギョロしている。なんでこんな人と結婚したのだろうかと、母が生きていたら必ず反旗を翻し抗議しただろう。

もっと母に釣り合った人がいたのではないか？　貧乏くじを引いたとしか思えなかった。母の容姿は神様からの授かりものだと納得できるが、母のセンスは神様のせいではないなと確信できる。その犠牲者が、ここにもいるからだ。ただ、父のどんなところに惹かれたのか、直接母に聞くことができないのはやはり虚しい。

昔、祖母がこんなことを言っていた。祖父も今で言うイケメンで、とてもモテたらしいのだ。何度も浮気を重ね、帰宅しないことなど日常茶飯事。そのせいで、祖父と離婚危機もあったというほどだ。昭和中期の離婚はとても一大事で、女性が子どもを抱えて働くなどほとんど考えられなかった。それに、周囲の視線もかなり冷たい時代だったことは想像に難くない。

ある時、祖母と母が、祖父が棲みついている女性の家に行ってみたことがあったそうだ。庭に回ってみると、人影が見えたという。祖父がいると確信した母は、庭に落ちていた石を拾うと、縁側の窓に投げつけ窓ガラスを壊したというのだ。しかも、何枚も。今では間違いなく犯罪にあたるが、昔は寛容だったのか？　自由奔放な姿に羨ましさがこみ上げる反面、母は曲がったことが許せない性格だったことが窺える。

おてんば娘の奇行に気が晴れ、離婚を決意したと祖母が言っていた。だが、その浮気夫を最期まで看取ったのが、正真正銘この私だ。看取るまでの間、それは大変頑固な祖父であった。尻拭いばかりさせられることになったのだから、祖母があの時、離婚を思い留まらず英断を下してくれていたら、私はあんな苦労をせずに済んだのにと悔やまれる。私たち家族にとっても、ここが大きな分岐点になったことは間違いない。

母が十八歳でイケメンとは言えない父と結婚したのも、そんな祖父の浮気癖のせいだったと後に言っていたらしい。

そして母の結婚は、祖父の交通事故も要因だったという。事故を起こした祖父が運転する車に乗っていた母は、その衝撃でムチ打ちになってしまった。なかなか思うように体調が戻らず、高校を休みがちになっていたのだが、出席日数が足りなくなり、そのまま高校を中退してしまったのだ。

そんなポッカリ空いた心に、盗人のように入ってきたのが、イケメンではない父だった。母は、運命には逆らえなかったのだろう。人生は無情だなと、改めて痛感させられる。せめて内面がイケメンだったら、このような顛末を迎えずに済んだのではないかと憤る。私が四歳の時に蒸発した父が、母に対してどんな気持ちを持っているのかと、たまに気になっては腹を立て、収め方を知らぬままここまで来てしまった。

悲惨な結末を迎えることになるなど露知らず、私たち家族には仲の良い、温かいアットホームな時間もあったのだ。アウトドアが好きな父と母と友人たちと、ワンボックスカーで旅に出掛けては釣りをしたり、キャンプをしたりした。濃く短い人生を、早送りで送っているかのように楽しんでいた母だった。

いつから父と母の間に、埋められない溝ができたのか。幼い私には記憶がなかったが、父の借金が増え続けたことで、祖父に何度も借金の肩代わりを依頼したことからだったらしい。

祖父からの心無い言葉を受け、母は肩身の狭い思いを強いられていった。そこに父の度重なる浮気で、母の心はさらに蝕まれていったのだ。あえてイケメンを選ばなかった母の幸せな結婚に対する強い思いは、一輪の凛とした花が儚(はかな)く散るように崩れた。

父の借金返済が滞ると、決まって夜に嫌がらせに来る輩がいた。母は私たちがいることを悟られないように、明かりは点けずテレビも音無しで観ていた。

寒い時期だったので、炬燵に潜って過ごしていたのだが、外から足音が聞こえると、無音の画像だけ流していたテレビも消した。息を潜めて、とにかく時が過ぎるのを待った。母が無声音で人差し指を口にあてシーっと私に向ける姿が、映画の一コマのように私の脳に保存されている。カーテン越しに人影が映るのも怖く、外からドアをドンドンと力強く叩く音に身を縮めた。

「いるのはわかってるんだぞ！　返すものは返してもらわないと、困るんだよな！」

そんな脅しと尖った口調に怯えながら、耳を塞いで蹲（うずくま）っていると、寝落ちしてしまっていることがほとんどであった。

逞（たくま）しい幼児ではないかと思う反面、現実逃避するための体の防衛反応だったのではないかと思っている。実際に、これ以上の記憶は残っていないのだ。

昼夜出歩けず、食べるものもなくなり、薄暗い部屋の隅で泣いている母の背中。父との写真を破ったかと思うと、セロハンテープで貼り直す姿。今思えば、母のメンタルは相当追い詰められていたように思う。

ある時、冷蔵庫もとうとう空っぽになった。子どもの私には過酷な状況が続いていたため、祖父母の家に私だけ避難させるという案が浮上した。祖父母が迎えに来てくれたのだが、その時に持ってきてくれた食材の中から母がチョコレートを見つけた。

「いつぶりだろう、この子にチョコレートを食べさせてあげられるのは……」

嬉しさと侘しそうな表情で、そう言っていたのを覚えている。母として、息を潜める生活をさせていることに、罪悪感があったのだろう。重たい言葉だった。

祖父母から、「うちに来なさい」と説得された。しかし、こんな状況でなぜ母も一緒に行かな

いのかという、最大の疑問が拭えなかった。言葉に出して説明することもできなかった私はとにかく、

「行かない、行かない」

とだけ言い拒んだのだ。

メンタルが崩壊している母を、一人残してはいけない。私が母を護らなければいけないと、子どもながら強く決意していたことは、もう一人の私の記憶にあり深く刻まれている。その時は行かずに済んだのだが、いつの日からか祖父母宅での生活が始まっていた。

何度浮気されても、母は父のことが好きだったようだ。帰宅しない父のことを、事故に遭ったのではないかと心配し、子どものように泣きわめいたこともある。包丁を持って、「死なせて欲しい」と言って、私の寝ている布団の上で祖父母と修羅場になったことも何度あったか。

私も止めに入りたいのだが、足の上に大人たちが乗っているせいで、足が抜けない。顔を真っ赤にして、力を込めて抜こうとしても抜けず、焦りばかりが先行する。踏まれている痛みと、抜こうとする痛みに耐え、ようやく足が抜けた私も参戦した。こんなことが日常茶飯事だった、異常な環境下だった。

今でも、母を追い詰めた父を許すことができない。母の運命を変えてあげることができなかったことは、私にも、長い長い葛藤と懺悔の始まりにもなった。

そんな母もようやく目を覚まし、離婚を現実に考え始めたのだ。父と話し合いを重ねるようになったのだが、どこまでいってもポンコツな男というのは変われないものだ。

「離婚しても、連帯保証人になっているお義父さんのところに借金取りが行くことになるけど、それでもいいのか！」

と、父は離婚に応じなかったというのだ。本当に勝手極まりない男だ。

お金を出してくれていた後ろ楯の祖父と関係が切れることは、父にとって不利だと損得勘定が働いたのだろう。こんな腐った男の血が私にも流れていると考えるだけで虫唾が走る。人を見る目がない少女だった母は、父と出会って「運命だ」と思った。周りが反対しても頑なに拒んだ母は、意志を曲げず父と入籍したものの、しばらく子宝に恵まれなかったという。

なぜ私は生まれてしまったのか。あの時母が諦めていたらと何度も嘆く。しかし、私がいたから強くなれたこともあったかもしれないと、同じ母になったからこそ、今はそう思うようにしている。

そして離婚の話が進み、母子での生活基盤を整えるため、母は祖父母から離れた隣県に借家を契約した。父がいないことなどまったく気にならなかった私は、とにかく母との生活に夢躍らせていた。

しかし、夢は無残に散ってしまった。母は自ら命を絶ってしまったのだ。当時の私には理解できているようで、できていなかった。説明が難しい感情だった。

葬儀の時、母の遺影を見て、私はニッコリと笑った。笑い返してくれるのではないかと期待したが、母は私を見ているようで、ちっとも見てはくれない。止まった笑顔と視線が動くことはなかった。

チラシに載っているキラキラした指輪の写真を切り取り、母の写真の前に置いた。買って喜ばせることもできない。買えたとしても指に通してあげることもできない。二つの現実が叶わないことを知らない四歳児は、母を喜ばせたい一心だった。

死んだと言われても、四歳の子どもには難しい哲学のようなもの。「星になったんだ」と説明する大人。「可哀そうに」と、私を見ておいおい泣く大人。あちらこちらですすり泣きが聞こえる、異様な雰囲気だった。

参列者たちは、母が灯油を被り自ら火を点けた無残な自殺だったと知っているからだろう。遺影に写っている綺麗な母とは対照的なショッキングな死に方に、驚かない人はいなかった。母は死にこの世にはいない、もう会えないと悟ったのはいつだろうか？　記憶を辿っても、明かりのない暗闇に佇むだけだった。

だが、母が亡くなってから、母との会話をもう一人の私が何度も反復し、頭の中に記録していたことは覚えている。再生できたことを確認し、今日も覚えていたと安心していた。その作業を繰り返すことによって、母を絶対に忘れない自信があったし、忘れてはいけないと自分にオマジナイをかけていた。

母の姿と声を脳に録音する作業が、母を傍に感じられる作業だったのかもしれない。人間は機械ではないことはわかっていたが、あんなに何百回も繰り返し録音したはずのもう一人の私の記録に、音は残っていなかった。でも、もし録音を再生できたとしたら、生きることが辛くなったのかもしれない。

大人になった今でも、母を失った喪失感は計り知れないものがある。私を置いていった母の気持ちを理解することはないと、ずっと思っていた。

周りのお友達には〝お母さん〟と呼べる人がいて、触れ合い、声を聴くことができることにとても嫉妬していた。

ある時、その気持ちを表に出さないように、蓋(ふた)をする出来事があった。

何もかも忘れて大空に向かって羽ばたいていける気がして、私はブランコが大好きだった。それに、あの雲に母が乗っていて、私を見てくれているのではないかと思えて、母と雲の上で一緒にいることを想像することもあった。

ある時、それをうっかり、近くにいたお友達のお母さんに何気なく話してしまったのだ。その人は困った顔をして、なんと言葉を掛けてよいかという、複雑な顔と雰囲気を身に纏(まと)った。

私は、こういうことを口にも出してはいけないのだと知った。その悲しみと、母との妄想をそっと心の箱に仕舞った。

可哀そうな子……。

憐れんだ顔と声のトーンで伝わってくる負の感情を、私は遮る方法を知らなかった。伝わってくる大人の感情をダイレクトに受け、心が疲弊していく。辛い記憶や哀しい思いを大人に言葉で伝えることが、一番厄介で、面倒な後始末を強いられることを学習した。寂しさの捌け口に、言葉というツールを使ってはいけないと知った。

もしもあの時、嘘でも、「そうだね、見ていてくれているね」と私に寄り添った対応をしてくれていたら、私は子どもの欠陥品として生きることはなかったのだろうか。大好きだった母を怨まずに済んだのだろうか。

老いても孫に従わぬ

山に逃げ出した祖父（通称〝モルモットじいさん〟）をどうしたかというと、即日退院の申し出をし、連れ帰った。

それから、真っ先に私がやるべきことはただ一つ。車の運転を止めさせることだった。

祖父母の家の前は学校の通学路になっており、登下校時、多くの子どもたちが行き交う。ブレーキとアクセルを踏み間違えたという理由で、過ちを犯す訳にいかなかった。

認知症だろうということが表面化し、祖父を脳神経外科に連れて行きＭＲＩ検査をすると、アルツハイマー型認知症であることがわかった。そこで私は医師に協力を仰ぎ、運転を止めるよう指導してもらうことにした。

しかし、昭和初期生まれの頑固な我が家の祖父には、やってはいけないことをしてしまったのだと後悔することになる。

まず、本人に認知症であることを告げることが、良いとは限らなかった。人によっては認知症を理解し受け入れる方も、多かれ少なかれいることだろう。だが私が思ったよりも、祖父には執着心が強いことを私は見抜けなかった。

この時の私は疑いもなく、認知症による執着心だけだと捉えていた。しかし、祖父が他界して数年後、それは認知症だけによる執着心ではなかったことが明らかになる。

認知症の症状は、人によってさまざまだ。後に認知症を発症した祖母の場合は、自分で使ったティッシュペーパーを、再度綺麗に畳み直しポケットに入れる。あるいは重ねて取っておくという傾向が見られた。昭和初期生まれ。戦後の何もない日本をここまで豊かにしてくれたのは、その〝もったいない精神〟であることは尊敬に値する。だが、洟（はな）をかんでも捨てずに何枚も畳んで取っておく行為は、認知症によって執着心が出ているのだろうと介護士に言われた。

祖父がその対象にしたのは、車と祖母であった。祖父のプライドの高さは十分に認識していたので、医師という権威のある方から忠告された方が、私からの忠告よりも受け入れてくれるという公算だった。

だが、結果は大惨敗。車に執着していた祖父は、脳神経外科の検査がおかしいと、いちゃもんを付け始めた。私が認知症という病気をよく知らずに、良かれと進めた行為は、この後とんでもないことに発展してしまう。

病院からは介護認定を受けるようにとアドバイスを受け、至急ケアマネージャーという介護計画を立てる方にコンタクトを取った。すると〝みなし〟で要介護認定を受けることができるという。正式に介護認定が下りるまでの間、〝みなし〟でサポートしてもらうことにした。

第一に、身の回りのお世話をしてくれるヘルパーさんに来てもらうこと。第二に、転倒防止のサポート器具をレンタルすること。第三に、デイサービスへの通所を始めること。

どこに行く時にも、片手に二歳の下の子を抱えながらの話し合いや、それに伴う病院の送迎、必要書類の署名の膨大さに、介護に無縁のミドル世代の私は苦労も多かった。でも同時に、想像しえない世界に驚いた。これまでこの社会で生きてきたが、こんなに充実した制度があったとは知らなかった。私はまるで、鳩が豆鉄砲を食ったかのようであった。

認知症を発症したら即、老人ホームへ入所なのだと思い込んでいた。

ここでも私の無知が顕著に現れ、介護の現実とは乖離したところで生きてきたのだと痛感した。ヤング、ミドル、シニアが混在し、支え合うことで成り立っているのが社会なのだと、改めて思い知らされた。

そして私は、ケアマネージャーに言われた通り一つ一つこなしていった。買い物もヘルパーさんにお願いできたが、私も週に三日、月・水・金で協力した。行きたい所に車を出してあげるからと言って、祖父母の下へ通った。

離れて暮らしている私にとって、安心材料が整っていくのが見て取れた。けれど、それは自己満足に過ぎなかった。祖父の気持ちを置き去りにして進めてしまった介護だったと、後になって打ちのめされるのであった。

ケアマネージャーは、子育て中の私のことを一番に思って、計画を立ててくれていた。だから私は安心してその大船に乗り、周りがよく見えていなかったのかもしれない。

祖父が祖母に執着し始めてから、祖母は自由に近所の方々と行き来できなくなっていた。それに鑑みて、嫌がる祖父を説得しデイサービスに通所させ、祖母が自由になれる時間を設けようと考えた。これは後のことだが、祖父が亡くなってから、祖母はショートステイと短期入所を繰り返すようになった。すると生き返ったかのように笑顔も増し、顔に明るさが戻っていったのである。

祖父は、一度はデイサービスに行ってみたのだが、「あんなところに行くと、こっちが具合悪くなる」と、帰宅後激怒していた。なんとも嘆かわしい姿に、介護とは一体、何に向き合っていくべきなのかとため息が出た。それでも戸惑いながら、見切り発進していた。

外面（そとづら）の良い祖父は、私たちに見せる顔とは一切違う顔を外では繕っていた。そのため、決してデイサービスの職員にそのような暴言を吐くことはなかった。その代わり、家での発散は抑止が効かないので狂暴化する。酒の量が増え、機嫌が悪いと灰皿を飛ばしてきた。こんな人ほど長生きするものだと、不平等な生き方にピリオドを打つ日はくるだろうか、と嘆いていた。家での転倒や火事のリスクを減らすためにも、週に一度でもいいから、デイサービスに行って欲しいとお願いした。

祖母は祖父の無理難題な要求を最後までやり遂げなければいけないというプレッシャーを受け続けていたため、少しでも祖母だけの時間を作ってあげたいと願っていた。しかし、私の気持ちは全く祖父の心に届くはずもない。

「おじいちゃんに恨みでもあるのか！」

祖父はそう言って、怒りと不安から私を殴ってきた。片手には、祖父のひ孫を抱いているのに。私は祖父が人間ではなくなってしまったのかと、頭に痛みを感じながら全身に力が入った。そして泣きながら一一〇番し、「殴られた」と訴えた。

私にはもう説得する材料がなかったのだ。祖母のことも守りたい。祖父のことも守りたい。板挟みに心は疲弊し、警察に説得してもらうことしか思い付かなかった。「もしかしたら、大人しく言うことを聞いてくれるようになるかもしれない」という、淡い期待と愛をもっての通報だった。その少ない可能性に賭けたのだが、その賭けに私は負けてしまった。

祖父は、頑なに心を閉ざしていった。私が契約したヘルパーさんのことも嫌がった。そこで一旦、居宅介護支援事業所（介護事業所）と解約し、新たに祖父が契約し直した形を取ったことで、なんとかヘルパーさんを継続してもらえることになった。だが転倒防止器具は恥ずかしいからと、難癖をつけ返却してしまった。

「車はもう、いらないのでは？」と説得を試みるが、門前払い。私の夫に頭を下げ、夫から説得してもらうことへ軌道修正し、再度祖父に説得を試みた。夫のことは他人と思っているのだと寂しい思いが湧き上がったが、かなり渋々ながら祖父は言うことを聞き、車の鍵を夫に渡してくれた。外面の良い祖父を逆手にとっての策略だった。

私は説得をする夫の隣で泣きながら、

「おじいちゃんには、事故を起こして牢屋に入って欲しくない」

と、土下座した。ここまでしないと手放さないだろうという確信が、どこかにあったからだ。

あの人はいつだって人の上に立って見下し優越感に浸らないと、こちらの願いを聞き入れてはくれなかった。孫の私に対しても、容赦なく自尊心をズタズタにした。それでも私は祖父の呪いのせいで、祖父母を大事にした。嫌っているのに、大事にしようとする曲がった感情を持つ私を、祖父が望んで都合良く作った。その割に、今度はあっけなく「いらない」と拒んでくる。

こんなことをされても気が付かない私は、余程のお馬鹿さんか、頭の中がお花畑なのだろうと情けなくなった。

燃やしたかった心

祖父は、母が亡くなってから毎晩私にこう言うのだ。

「あんたのお父さんとお母さんは、あんたを捨てたんだよ。おじいちゃんもおばあちゃんも、あんたを施設に入れようか迷ったけど、可哀そうだと思ってここまで育ててきたんだから、おじいちゃんとおばあちゃんに感謝しなさいよ」

ほぼ毎夜、儀式のようにこの呪いを掛けられていた。精神的な虐待と言える行為だと気付いたのは、祖父が死んでからだった。幼かった私は、「ああ、私はお母さんに捨てられたのか。そうなんだ。おじいちゃん、おばあちゃんに感謝しないといけないんだ」と、刷り込まれていった。

その結果、大好きだった母に対して、「子どもを置いていく母親は親じゃない」と、怨むようになっていった。そして、早く就職しようと思った。祖父母に頼らなくてもいいように、高校進学は諦めた。

一年間専門職を学んだ後、社会人になれる美容専門学校に入りたいとお願いした時も、「高校を卒業した方がいいから」と、祖母の合いの手が入り叶わなかった。あの時はわからなかったが、私が高校三年間を祖父母と暮らすことよりも、一年で家を出られることを無意識に選んだのではないかと思う。一日でも早く、祖父母から逃れたかったのだろう。

けれど、公立高校に入れと言われ、言われた通り月謝の安い公立高校に進学しても、「月謝を払うつもりはない」と一蹴された。私は、奨学金を借りさせられたのだ。

専門学校に行かせたくなかったのは、公立高校三年間の学費よりも、専門学校の学費が上回るからという理由だ。奨学金を借りられたとしても、私が返済できなかった時に弁済しなくてはいけないという可能性を残しておきたくなかったのだ。

日常的に使用するもの、例えばトイレットペーパーや石鹸、歯磨き粉などの日用品や食品、水道、電気、ガス、住む家は与えられていた。しかし、私しか使わない服、靴、靴下、下着や生理用品、学校用品は、いつの間にか出してもらえなくなった。お小遣いもなかったので、自分でアルバイトをし、稼いだお金で賄うしかなかった。

下着はいつの頃からか新しいものを買ってもらえなくなり、友人からいらなくなったお古をこっそりもらって使用していた。そして、ボロボロになるまで穿き潰した。

体に痣もなく、身なりも清潔に保たれていると、虐待とはみなされないのだろう。ボロボロの下着を身に着けた女子高生は、虐待だと誰にも知られることなく、誰も振り向いてくれることはなかった。現在でもこれは、虐待の盲点かもしれない。

昔は、未成年の労働規制は厳しくなかった。夜二十二時まで働くことができ、私にはとても有り難かった。帰りはバスもないような田舎。一時間かけて制服を着た女子高生が歩いて帰宅する。帰宅時間は二十三時だった。

近所の店は時給が安く生活ができなかったため、遠くても時給の良いアルバイトをせざるを得なかった。何かあった時のために携帯電話が欲しいと、契約だけをお願いした。だが、勿論契約をしてくれるはずがない。私が使用料を払えなくなったら、祖父が払わないといけなくなる。それが嫌だからという、屁理屈であった。そこで友人に頼んでもう一台借りてもらい、使用料を払う約束で身の安全を確保した。

この状況下であっても、祖父が孫のために大好きな車で迎えに来ることはなかったし、大好きな晩酌を我慢して迎えに来る人ではなかった。私も文句を言われながら頼みたくなかったし、干渉されるよりはいいと思っていた。それが三年間も続いた。

犯罪に巻き込まれたことも数回あったが、なるようにしかならなかった。当時の私は祖父母を敬遠し、感情を殺す子どもだった。

いつものように夜道を帰宅していると、車から見知らぬ人が降りてきて、「車に乗れ！　乗らないとお前の家に火を点けるぞ」と脅され、連れ去られたこともある。

母が亡くなったあの日、家の一部が燃え、真っ黒に焦げた母が見つかった。当時の記憶が呼び覚まされた恐怖から、私は男の言うことを聞くしかなかった。

あの時の私はあんな祖父母でも、二度と家族と呼ばれる人を失いたくなかったようだ。自分が犠牲になっても、家族を守りたかった。でも祖父母の方は、私に守ってもらったと感じていなかった。その後の生活も変わらなかったことから、私はそう感じ取っていた。

あの日、母が一緒にすべてを燃やしてくれていたらよかった。取り残された私は、欠陥品として製造されてしまったのだから。中途半端に燃えた家と、中途半端に火傷を負った心に、言葉で言い表すことができない憎しみを、母は植え付けていった。

男に連れ去られたあの時も、「燃やしてください！」と、啖呵を切る勇気がない私は、欠陥品そのものだった。選択したもの全てが、わざわざ不自由を選んでいるように感じた。当時は誤った選択をすることが、必然だったのかもしれない。

そのまま家に帰らないで済むなら、それでもいいのではないかという気持ちが過ぎった。けれどどういう訳か、人生は思うようにいかない。この時もそうはいかずに、暴行された後、帰宅できてしまった。

祖母に抱きしめられて、吐き気がした。私は抱き返すこともなく、言葉を殺したまま無表情の〝こけし〟のように立っていた。

精神的虐待を黙認し、加担していた祖母も同罪だと思っていた。もう一人の私が、言語を司る左脳を眠らせ文字起こしをさせないことで、地獄生活を生き延びていたことを知らずに抱きしめる祖母。自らの手を貸し、欠陥品を造り出していることに気付いていないようだった。

私は祖父母との生活環境を与えられ、そこで生きることを強いられた。

「年金暮らしだからお金がなくても仕方がない。だから、誕生日を祝ってもらえなくても仕方がない。施設に行かなかっただけマシなんだ……」

そう思い込まされてきた。幼い子には、その環境を打破するだけの能力がないのは明白だ。

私には、たとえ質素な願いだとしても、「環境のせいだ」と諦めなければいけないことが、数えきれないほどあった。

私だけではなく、このような子どもたちは世の中にどれだけいるだろうか？　どれだけの大人が、狭い選択肢の中で幸福を探し続けているのだろうか？　幸福の尺度が違っていても、今の私から見たあの時の生活を〝幸福〟という文字で表すことは絶対にない。

誕生日にホールケーキを囲ったロウソクを一息に消し、願いごとができたのなら……。きっと〝幸せが欲しい〟と願ったのに。

その機会が訪れることは、あの場所では一度もなかった。

老いたから孫に従って

一応は祖父の納得の下、車は私の家で預かることになった。だが、いつ気が変わるかわからない祖父の性格を熟知していたため、念には念をと思った。免許証を返納させることが、私の第二の任務となった。

この頃はまだ高齢者の事故が社会問題になっておらず、免許センターの職員も半信半疑の顔で、「本当にいいんですか?」とおっしゃる。やる気のない態度に加え、「そこまで言うなら、シミュレーション運転してみますか?」と聞かれる始末であった。

「もしそこで、運転が上手にできてしまったら、返納ができないじゃないか!」と、無責任な態度に憤りを覚えた。だが、そんなことに時間を費やしている場合ではなかった。

返納が何よりも最優先事項だったため、祖父の考えが変わらないうちに、免許証の代わりに同じような形をした身分証を発行できると説得し勧めた。

もちろん、祖父が毎年高齢者講習を受けていたことも知っていた。祖父は、「褒められた」と言って、意気揚々に自慢していた。正直、高齢者講習で日頃の認知度合いを見極められる訳ではないと、祖父自身が生き証人になっていたことに、本人は気付いていなかった。

認知症を発症していただろう年も、免許の交付を受けていた。それに、運転を続けるために白内障手術を私に相談もせず受け、乗り切った。だがストレスで帯状疱疹になったのだから、手術は相当怖かったようだ。

祖父の並々ならぬ執着を侮ってはいけない。祖父の車好きを誰よりも知っていた私は、免許証があれば車に乗ることができると、必ず祖父が気付くと踏んでいた。もしもそのことに気付き、車を勝手に購入していたらどうなっただろうか？　認知症といっても、購入に制限がかかっている訳でもない。未成年でもないため、祖父が単独で車を購入することは可能なのだ。その時は絶対に、もう二度と、私に車の鍵を渡すことはしなかったはずだ。

同居していない私にとって、祖父母の行動は見えにくい。車という凶器で他人を殺めるようなことになるくらいなら、私が殴られてでも止めなければいけないと必死だった。身内の死の哀しみは、私が痛いほど知っているからできた行動だったと思う。

当時、急発進防止装置の標準装備、もしくは、一定の年齢に達した者の車検では装着していなければ通らない……などとする法整備が整っていたならと思う。そうであれば、万が一踏み間違いで事故を起こしてしまっても、本人や家族が苦しまなくても済むだろう。

また、免許証の返納をしやすいよう、タクシーの相乗りならぬ、乗車シェアのような仕組みもあったならと思う。お年寄りが同じ行先まで相乗りし、料金も折半など割安になるようなサービスがあれば、車に執着することはなかったのではないか。未来に希望を抱くしかなかった。

また、この頃大きな話題になっていたことがある。認知症の老人が徘徊し列車に撥ねられ死亡した事故で、鉄道会社が老人の家族に慰謝料請求の裁判を起こしていた。同居している妻と、別居している息子に対して責任を求めるものだった。一審、二審とも妻と息子の責任を認める判決が出ており、最高裁での争いが注目されていた。

判決が確定しない中、私たちの介護にも、焦りがあったのは間違いなかった。祖父が起こした事故によって、私たち家族も犯罪者になるかもしれない。莫大な慰謝料請求をされるかもしれないという不安と、認知症とわかっていて運転することを黙認することが重大な過失に当たらないだろうかと、血の気の引く思いだった。

そして、事態は急に動く。二人が何やら業者を呼び、何かしようとしていると、祖父母宅のお隣の奥さんが私に一報をくれたのだ。

今度は何をやらかそうとしているのかと、祖父母の家のハウスメーカーに問い合わせた。すると、鍵交換の依頼を受けており、部品を発注している最中だというのだ。

車と免許証を騙し取られたと感じた祖父母は、私を拒絶し、玄関の鍵を交換しようと考えた。私は事の経緯を業者に端的に話し、なんとか交換をしないでもらえないかと懇願した。しかし、契約者は祖父だということで受け入れてもらえず、私はただ黙認するしかなかった。

せめて、交換が終わったら連絡が欲しいと頼んでおいたので、依頼通り連絡を受けた。祖父母が病院に出掛けている日を狙ってこっそり行き、玄関の鍵穴に自分の持っている鍵を挿してみた。

人の脳というものは、事実を知っていても、そうではないと願わずにはいられないものだ。

ローマにある「真実の口」には、嘘や偽りの心を持つ人間が手を入れると噛み切られるか、手が抜けなくなるという伝説がある。そこに手を入れることの方が、真実を受け入れるよりも私には容易い。

私は偽善者だったかもしれない。祖父に掛けられた呪いが、こんなにも細胞の隅々に浸透しているとは思いもしなかった。

一緒に生活をしていた時は、祖父母のことが嫌で嫌でたまらなかった。だが結婚し家を出ると、忘れたい出来事だけ解毒したかのようだった。ありったけの親孝行をすることができた数カ月間だったが、祖父母には私を受け入れることができなかったのだ。そこが、完全な認知症ではないことと、私に対して後ろめたいことがあったという表れなのだろう。

とうとう、契約していた介護事業所から連絡が来た。

「これ以上、安全に介護することが難しくなった」

それは、契約解除の申し入れだった。無理に引き留めることもできず、承知するしかなかった。祖父が、私が契約したのではないかと訝しみ、ヘルパーさんに鎌を掛けてくるのだという。そんな祖父に、「職員全員で一貫性を持って対応することが難しいから」というのが理由だった。

私は八方塞がりになり、途方に暮れた。何度も行政に通い、なんとか力を貸して欲しいと泣きついた。行政には祖父母宅に訪問してもらい、ヘルパーさんに来てもらう必要性を祖父に訴えてもらった。だが、祖父の答えはＮＯだった。

担当者からは、「本人が介護を必要としていないと思っている以上、今は見守るしかない」と言われた。祖母を楽にさせてあげようと宅配弁当も契約したが、それも美味しくないと文句を言われ拒否された。祖父の認知症によって火事が起きる可能性が高い状況を、見守ることしかできなかった。

私も時には、突き放すことも必要だったかもしれない。だが、祖父が私に掛けた呪いがいつまでも纏（まと）わりついて離れなかったことが、有り難迷惑な行動へ突き進ませていた。私は、苛立った細胞を抑えるために、まったく飲めなかったコーヒーを体に入れるようになった。そうすることで、アドレナリンを発散させていた。

行政の担当者に言われた通り、見守るスタンスを取ることにした。ただ祈るような毎日を送り、一カ月が過ぎた頃であった。

出先で電話が鳴った。私は息を止めた。行政の担当者からの電話だった。

「驚かないで聞いてね。おばあさんが転倒して、左足を骨折したの。すぐに手術しないといけないらしいの。今から病院に来られる？　病院側も困って私たちに連絡してきたの。私もすぐに病院に駆けつけるから」

私は踵を返して子どもを預けると、急いで病院へ車を飛ばした。病室に入ると、開口一番祖父が、「ああ、来てくれたのか」と言って微笑んだ。私が茫然自失になっていると、二人とも安堵した様子が声の調子から伝わってきた。

　祖母は二日前に家で転倒し、大腿骨（だいたいこつ）骨折という大怪我をしていた。だが本人たちは大怪我だということにも気付かず、祖母は丸二日我慢しながら生活を送っていたらしい。なんという驚異的な精神の持ち主だと、そこは感服した。

　ともかく、早急に手術が必要で、手術承諾書など諸々の書類を一式手渡された。私は身元保証人としてサインをし、行政の担当者が祖父を優しく諭してくれた。

「お孫さんに鍵を渡してあげて欲しいんだけど。これから色々やってもらわないといけないこと、あるでしょ？」

　お陰で祖父も、祖母の怪我には参ったという感じで頷き、私に鍵を渡してくれた。「真実の口」に手を入れなくとも、偽りのない思いは証明できたのだ。

　一時休戦していたミドルケアラーの徒競走は、こうして突如、再開されたのである。
小さな子に加え、祖父と祖母も加わった責任という風船を、私は走りながらその重さと恐怖に苛まれることになった。目まぐるしい忙しさに、もう一人の私の時計が壊れているようだった。

　祖母の病院に行きたい、という祖父の願いを受け入れ、一日置きに祖父を迎えに行き祖母と面会をさせ、心の安定を図るように努めた。その甲斐あって、祖父は穏やかさを取り戻していった。

祖母の着替えを持ち祖父を家に送る途中、「買い物がしたい」と言われれば付き合った。「医者に行く」と言われれば付き合い、自宅や身の回りのことに気を配り、一日子育てと介助で終わってしまう。これが四カ月間も続き、私たちの関係に雪解けが見られる兆候は確実にあった。新しく介護事業所と契約をし、祖父はヘルパーさんを快く受け入れてくれた。私の助言も、素直に聞いてくれたからだ。

それが、どうしてだろうか？　やはり私の真心は伝わっていなかったらしい。〝モルモットじいさん〟の演技が懐かしいと思うようになっていた。

祖父は時折、私の腹の中を探るような目で見つめてくる。私はその重たい視線が、獲物をいつ捕獲しようか様子を窺っている獣のように感じ心がざわついていた。数日後、ついに獲物に飛びつく獣から電話がきた。

「弁護士のところに行ってきた。あんたが、おじいちゃんから車と免許証を奪ったことで訴えるから」

私は、枝が折れるように泣き崩れた。こんなに子どもや家族を犠牲にして祖父に寄り添い続けても、家族として受け入れてくれることはないのだ。子どもの前で、涙を止めることができなかった。

そこにはいつかの母と同じ姿があった。

私にはもう、人に尽くすことが意味をなさないと、もう一人の私に刻むことしかできなかった。私が行ってきたことは、やはり偽善と捉えられている……。私はそのことを認め、この場からいなくなる口実にしようとしていた。

あの祖父が高速道路で自損事故を起こした日、サイドミラーを折り、ドアに大きな傷を付けてしまっても、私は、運転を継続させてしまったことを再び後悔した。

訴えるなら仕方がない。これ以上、阻止する術もない。もはや諦めの境地であった。

以前、警察署で相談した際、法律では私が横領罪になる可能性があると指摘されていた。老人の運転によってもたらされる危険を回避し、他人の命を守った大義名分は、ただの偽善者というレッテルを無造作に貼られるようなものだった。

日本の法律の矛盾と、こんな形で犯罪者と叩きつけられ、思ってもみなかった事態へ動いていることに、ほとほと天に見放されているのだと思った。何もしない方がマシだとしか思えなかった。

要介護認定を受け、毎日ヘルパーさんに食事や洗濯、掃除など請け負ってもらっている身分で、車と免許証を取り上げられたから訴えるとは……。認知症がかなり進んでいたことは確実だったのだろう。だが、本人がそのことに気が付かないというのも哀れだ。

祖父が夫に鍵を渡したあの日。免許証が車に入っているからと、車に荷物を取りに行き、すんなり鍵を渡したことがずっと引っかかっていた。けれど、緊張感からの解放に安堵が勝り、もう一人の私は大事な疑念を見落としてしまった。その違和感が現実となって表れたのが、祖母が怪我をする少し前だった。

祖父母はタクシーで我が家に来ると、「車を返せ」と何度も迫ってきたのだ。

車が駐車場にあることを確認すると、運転席の窓から中を覗き込み、何やらポケットから紙屑のようなものを取り出して、何かと見比べている。

「あんたの旦那が、俺の車を使ってるんじゃないだろうな」

そう言っている。私は祖父が、一体何をやっているのか見当がつかなかった。

「車をやる前に、メーターの数字を控えておいたんだ。あんたたちが乗り回していたか、これでわかる！」

そう怒鳴った。私は、動かせない証拠を突き付けられている犯人に仕立てられ、体が硬直した。

私と夫はそれぞれ車を持っていたし、あえて祖父の車に自動車保険を掛ける金銭的余裕はなかったので、乗り回す気など微塵もなかった。だが祖父は、私が何か企んでいるとずっと邪推していたのだ。そこに祖父の闇があることを、当時の私は知る由もなかった。

車と免許証を騙し取られたと憤っていた祖父は、走行距離のメーターの数字を書き留め、私たちを泳がせた。証拠を突き付けてやろうとタイミングを見計らっていたのだ。

祖父宅と我が家間の走行距離しかメーターは増えていなかったことがわかっても、祖父は、何か裏があると信じ込んでいた。そして、私と縁を切ると言ってきたのだ。

常軌を逸する祖父の行動に、恐怖しかなかった。だが祖父母に頼られればできる限り力になり、祖父との諍(いさか)いを水に流し、親孝行に励んできた。でも認めてくれることはなかったのだと痛感する。あの時の恨みをしっかり胸に抱き、私に隙を与えながらタイミングを見計らっていたのだから。

私は、認知症という病気の症状に疑問符を付けたくなった。日常生活においてできないことが増えていても、その人の人格はそう簡単に柔和になることはないと思い知らされた。

再度、祖父母と向き合う時間を与えられた介護生活だったが、日に日に手が掛かっていく介護に「笑顔」という文字は似合わなかった。


私を訴えるという連絡があった翌日の午前十時四十分頃、介護事業所から連絡があった。いつも通りに祖父宅に伺ったが応答がなく、しばらくチャイムを鳴らしていると、おじいさんが玄関を開けてくれた。だが、お腹が痛いと言っている。相当な痛みのようだ。本人は、「救急車を呼ばないでほしい。かかりつけ医のところに連れて行ってほしい」と言っている——そういう内容であった。

もう一人の私が選び出した言葉は、こうだった。

「すぐに救急車を呼んでください。かかりつけ医から、救急車を呼ぶように言われたと言っていいので」

私はそう依頼し、行き先の病院がわかるまでの間に子どもを預け、病院に駆けつける準備を始めた。私に救急車を呼ぶように言われたと言えば、また拒否する可能性があったからだ。なにせ、私は祖父から訴えられる立場の人間なのだから。

介護事業所から再度電話があり、行き先の病院を教えてもらうと急行した。別室でさまざまな説明を受け、医師の方針を伺う。診断はイレウス——いわゆる腸閉塞（ちょうへいそく）だった。鼻から管を通して処置したいと言われたのでお願いし、私はその間、祖父の自宅に行き、入院準備をすることにした。

まさか、骨折した祖母とのダブル入院になるなんて。しかも、どちらも違う病院で違う市にあり、病院と病院の片道は車で一時間以上もかかる。これからもう一人の入院をサポートしなければいけないのかと、正直絶望感に苛まれながら荷造りをしていた。訴えられる私が、ここまでサポートする意味を見い出せなかった。

未然に事故を防いでくれたと警察署から感謝状を表彰される訳でもなく、逆に、罪に問われると突き放された。近所の小学生の親たちから有り難がられる訳でもない。それなら車も免許証も取り上げず、祖父には楽しく生活をしてもらっていたら良かったではないか……。

買わなくてもよい恨みを買いながら、事故を起こして幼い子の命を奪っても仕方がないという風潮の社会に無性に腹が立った。

私は、まとめた荷物を床に叩きつけた。このまま私も祖父のように、介護拒否を真似て、介助拒否をしたらどうなるのだろうか？　そう思いながら、散らばった服を見つめていた。

これから、今までの子育てと想像したこともないダブル入院介護が始まる。押し潰された心と、小さくなった肩にのしかかった重みで身が竦（すく）んでいた。熟慮し考察する作業を得意としていたもう一人の私は、当然業務停止命令が下ったかのように静かだった。ただ、母の二の舞にならってはいけないと戒めてくれていた。

それから、どれくらい時間が経ったのかわからないが、病院から連絡があった。うまく処置が進まず、手術をしてくれる病院に転院させますとのことだった。

急転直下に告げられた「手術」という言葉に慌てる脳内を鎮める努力をし、どこの病院に行かされるのかわからず、次の連絡を待つしかなかった。

その間、気を紛らわすため、祖父宅の家事をすることにした。写真撮影が趣味で、たくさんの写真が飾られた部屋を見回す。ここで欠陥品としての儀式が行われ、従順に黙って聞き入れた記憶が蘇る。遮ることも、防ぐことも許されない呪いの儀式。

逃げる選択など与えられず、私は祖母にこの居間に連れてこられた。

ついさっきまで寝ていた祖父の吐いた息が漂よい、息を吸うのも汚らわしかった。

涙の色

母が死んで一年後、父と言われる男は一度迎えに来た。あんなことがあって許されることではないはずなのに、祖父母は母を裏切った男に私を託し、最後の別れだと悟られないように捨てた。

男と一緒に西へ行く新幹線に乗る。そして私に箸を持たせ、弁当箱に入っていた豆を掴んでみろと言った。

「ちゃんと育ててくれたんだ」

何も知らないその男は言った。私が右手で、きちんとした箸の使い方を会得していたからだ。私が左利きだということを男は覚えていなかった。その言葉を忌々しく感じ、笑顔を見せる男に感情を封じた。

私は男と遊びに行くことになったと祖父母から聞かされていたが、それは嘘であった。親に捨てられたと呪いを掛けられていた私が、男の下で生活することを選ぶはずがないとわかっていたからだろう。

母の自死は、男のせいだと幾度も言い聞かされてきた。だが、自分たちが楽できるのなら、今まで掛けてきた呪いの存在をなかったかのようにできる祖父母だ。私を手放す手立てを探り、父という男に引き取るよう依頼した。

私と母が、取り立て屋から毎晩嫌がらせを受けていたあの時。祖父母は、本当は私を、自分の家に連れて来たくなかったのかもしれない。幼い子どもを守ろうと嘘を吐くことも、必要な場面でもしない二人だ。「真実の口」になど、手を入れることができるだろうか。

私を手放す時はいとも簡単にできるこの人たちの心の声が、今なら鮮明に聞こえてくる。これが育ての親、祖父母の本性だった。

幼い私は、遊びに行くことが楽しみで仕方がなかった。祖父母との生活に、旅行という文字はなかったからだ。いくら嫌いな男に連れて行かれるとわかっていても、ぶら下げられたニンジンを拒むことができぬほど、外の世界に憧れていた。

従妹たちと合流し海で遊んだり、旅館に泊まったり楽しい時間を過ごしたのは間違いなかった。だが、その彩りある思い出は、その男によって白黒写真に塗り変えられてしまった。私は、再び男に捨てられたのだ。

帰ることを前提に出掛けていた私は、帰ることに違和感を覚えることはなかった。だが、その男と男の姉の様子から、異様な雰囲気を感じていた。

東へ行く新幹線に一人乗せられた時は、男が一緒に乗車しないことが不安でたまらなかった。男は、一人で新幹線に乗せたからと、祖父母に連絡をした。祖父母はどんな思いだっただろう。またあの子との暮らしが始まるのかと、生きた心地がしなかっただろう。「やっと離れられたのに」と思っていたに違いない。

祖父母は帰宅した私に、何度も何度も繰り返し、何をしたのか？　何があったのか？　何を言われたのか？　など説明を求めてきた。覚えている限り精一杯、何度も同じ話をした。だが、答えても答えても納得しない様子に、また私が悪いことを仕出かしてしまったのではないかと恐怖が離れなかった。聞いては沈痛な面持ちで黙り、そして二人がまた話し合う。その繰り返しであった。

当時の私は、何が起きているのか想像をすることができずにいた。でも、恐ろしいことが起きたのだと感じ取ることはできた。大人が子どもの擦（なす）り付け合いをしているなど、知りたくない事実だった。

だが、酔っ払った祖父から、「あんたのお父さんから新幹線に乗せたと電話をもらった時はすごく驚いた」という話を聞かされるたびに、「私など生まれてこない方がよかった」という気持ちを拭う理由を、一つ一つ奪われていく。

当時は、理解できないように、私という存在を無色にしようとしていた。だが後に、もう一人の私が鍛え上げられていく過程で、状況や行動から多種多様なことを判断できるようになってしまった。冴えたもう一人の私は、スリープ状態のパソコンを勝手に起動してしまうのが玉に瑕であった。

私は父という生みの男と、祖父母という育ての親に何度も捨てられた。そして誰も知らない、精神的虐待の生活がまた始まった。

命なんて、ゴミを捨てるように簡単に捨てられる……。そんな風に、私が命の重みを感じなくなったのは、これが原因ではないだろうか。私という人格は、この世に必要とされていないということに、疑いの余地はなかった。

捨てられないためには、祖父母にとって良い子でいることが一番だ。そうすれば生きられるともう一人の私に刻まれると、私は気配りができる子どもになっていった。たまに遠い親戚が訪ねてきた時に貰えるお小遣いは、祖父母に取り上げられていた。少しだけもらえた時は取り上げられないが、そのわずかなお金も、祖父の機嫌取りのために買う煙草代と、祖母に母の日や誕生日プレゼントを買う代金として消えていくのであった。そうすれば二人とも機嫌が良くなり、儀式を受けずに済むのだ。

初めての子を妊娠中、切迫早産で入院した時、こんなことがあった。

祖父が私に掛けてくれていた入院保険があったのだが、掛け金が少額だったために満足な金額は下りなかった。でも、お金のなかった若夫婦にとって、八万円という入院費を少しでも賄えると、有り難く頂戴した。だが、それが悪いと祖母から非難囂囂（ごうごう）だった。

「ずっと掛けてくれていたおじいちゃんに、煙草の一カートンくらい買って、ありがとうと言えないのか！」

退院して早々、身重の体にムチを打つような言葉を祖母は平気で言い放つ。今まで機嫌取りをしていた行為を、当たり前のように捉えていたからだろう。私は既に祖父母宅を出て所帯を持ったのだから、なにかと物入りだとわかってくれるはず……私はそう勘違いしていた。

お金をもらうことを非難されるのならば、初めから受け取らなければよかったと後悔した。

そしてまた心に傷を負った。それは祖母が、祖父の機嫌取りを上手くできなかった矛先を私に向けてきたのだと、もう一人の私が言った。祖母が煙草を私からだと勝手に渡して回避できた話を、わざわざ怒鳴られたと伝えてくる神経も疑った。

お金をもらったがために怒鳴られるという仕打ちをされたのだから、もう返す必要はないだろうと思った。以前の私にはない強さは、お腹の子からもらったのかもしれない。それは、母になった強さだった。

自動車学校に行くためにお金を貸してもらえないかとお願いした時も、「そんな金はない」の一言でぞんざいに扱われた。ローンを組みたくても、未成年の私は門前払い。再度祖父に依頼するしか手立てがなかった。

頭を下げてお願いし、文句の嵐を無防備で受けた。それで祖父のストレスが緩和されたようで、ようやくお金を借りることに成功した。もちろん、耳を揃えて利子付きで返済した。利子付きが相当嬉しかったようで、その時の祖父の笑みが気持ち悪かった。見上げたガラスの天井にへばりついている鳥の糞のように、あの笑みを見たことを後悔した。思い出したくない顔として、もう一人の私に処分依頼したことを今、思い出した。

リビングの棚にはコーヒー関連の器具が並んでいた。母は生前、喫茶店を開業する夢を祖父に語っていたようだ。母が亡くなる少し前に定年退職していた祖父には、私を育てるためと言い訳を作って始めた喫茶店があった。

初めの頃は軌道に乗っていた店も、次第に客足が遠のくようになった。やがて借金が膨らんでいき、祖父は店を畳んだ。結果、店の借金を背負ったことも、私を育てるために始めたお店だったのだからと、私のせいにされた。それも、呪いの儀式の一つに加わっていた。

その時に使っていたサイフォンのコーヒー抽出器具が祖父のお気に入りだった。客を招いた時には必ず自慢げに見せつけ、淹れたコーヒーを「美味しいだろう」と、ご馳走することがステータスとなっていた。

その祖父は、マグカップに入れたコーヒーにシュガーを三本から五本入れ、ポーションミルクを三つも入れて飲む。どの口が言っているんだ、と言いたかった客がほとんどであったろう。自称コーヒー通だった祖父に、有名なハワイの「コナコーヒー」をプレゼントしたことがある。

「こんなの不味くてさっぱり美味しくない」

そう言って捨てられた。とことん、私のことが嫌いだったのだろう。もう一人の私は、その時も頼り甲斐がなかった。「祖父が嫌がっても寄り添い続けろ」という、アホな指令を出していたのだから。情けなく、呆れるほど、私の身に起こったことについての分析力が乏しい。そんなことが露呈する思い出ばかりが目につき、ため息以外、何も出なかった。

さまざまな残像のページを捲っても、これまで私が過ごした時間に、血が通った人間らしい記憶はない。私が祖父母にされたこと、私が祖父母に捨てられないように良い子として尽くしたという心の隔たりを、どう埋めれば良いのか？　なぜ埋められないのか？

感情が高ぶると、もう一人の私は役に立たない。私は答えを見つけられずに、いつも一人で立ち尽くしていた。

その後、病院からの電話が鳴って我に返ると、私は祖父の転院先へ急いだ。そこの医師から告げられたのは、思いがけない言葉だった。

「もう手遅れだ」

まさかの言葉だ。既に時間がかなり経ってしまい、毒は全身に回っているという。私は暗く電気が灯っていない待合室で、一人泣きじゃくった。私を捨てた人間に対して、なぜ涙が出るのかわからなかった。私が祖父を殺すのだろうか？　もう知っている人が亡くなるのを見届けることなど望んでいなかった。

呪いが完全に解けず、私の心を蝕んでいたことを直視できなかった。死にゆく人を、ただただ悲しむ、心優しい私がいた。

連絡先を知らない親戚ばかりだった私が、唯一知っていたのは、母の妹の連絡先だけだった。祖父母の家の電話機に貼られてあり、携帯に登録していた。

手遅れだと医師から説明を受け、叔母に電話した。

すると、電話に出たのは従妹だった。祖父の状況を話し、

「こっちに来れない？」

と聞くと、急に怒り始めたのだ。

医師の話では、祖父はもって数日ではないかということだったので、葬儀について相談をしなくてはいけなかった。

それなのに従妹は、

「葬儀の日程をずらせないの？」

と憤っている。私は、

「葬儀会社の都合にもよるから、そんなに長く延ばすことはできない」

と伝えた。すると従妹は、

「明後日は大事なコンサートがあって、泊まりで行くことにしていたから、そっちには行けない」

と言うのだ。私は、

「Aちゃんはコンサートを優先にして構わないから、叔父さんと叔母さんだけでも来てもらえないかな」

と依頼した。

叔母家族は自営業を営んでおり、人手が足りないことから、代わりのスタッフの手配ができないとこちらに来ることができないという。

私にもそんなに長く祖父の亡骸を安置する時間的余裕はない。他に頼れる身内がいないのだから、

「叔母さんだけでも来てもらえたら有り難いんだけど」

と改めて丁寧にお願いした。

なんだかんだと文句を言われながら、最終的に祖父が死ぬタイミングが悪いと怒られた。どうしても、従妹が同席したかったというような雰囲気であったが、なんとか宥（なだ）め、渋々、了承を得た。

だが今度は、

「お母さんだけ連れて行くけど、私、こういうこと初めてでわからないから教えて欲しいんだけど……お母さんのハンコ、持って行けばいいんだよね？」

と聞いてきたのだ。

私は、「ハンコって何に使うんだっけ？」と理解できずにいた。何もわからないのは、どちらかといえば私の方だった。

従妹たちは、祖父がいざという時の話し合いを既にしていたようだった。それは、私の母が亡くなったことで、祖父の財産は、一人残った娘である叔母が相続することになると勘違いしていたようだった。

以前、祖父が手術をすることになったことがあった。私は、

「年齢も年齢なんだから、おじいちゃんに何かあったら困るし、遺言書を書いておいてもらいたいんだけど。おばあちゃんがこの家に住めなくなると困るでしょ？」

と言い、私と祖母の目の前で、家の権利書を見ながら、唯一自慢できる達筆な字で「妻名義にする」としたためた。

その後、それが、どこにいったのか知り得なかった。

小学生の頃、疑問に思ったことがあった。人間が進化していく過程で尻尾は退化していったが、悲しいと思った時に流す涙はなぜ、退化しなかったのだろう……と。

インターネットがない時代。学校の図書室の本から正解を探し出すしかなかった。しかし、気の遠くなるような作業だった。

これでいいと決着させたのは〝涙が必要であるから〟という、漠然とした答えだった。でも、理解しようと努力した。涙を流すことが、その人の見えない心の意思表示であるからと。

けれど、私ともう一人の私は、涙を退化させて欲しいと願っていた。悲しくて流した涙は、心を癒すことがないからだ。その意思表示は、辛い思い出とペアリングされている。

記憶を司るもう一人の私の中に、特に辛い記憶を呼び覚ますことがないように、私が連結を解除したものがあった。でも、涙によって引き出されてしまうことを、コントロールすることはできなかった。

日付が変わると、祖父の意識が少し戻り、何か言っていた。酸素マスクをしており、入れ歯もしていない祖父が何を言っていたのか聞き取れなかった。でも、聞こえた振りをして、うんうんと頷いてあげた。

そして、祖父は死んだ。退化しなかった人間の涙があふれた。


叔母と相談し、家族だけで葬儀を執り行うことにした。だが、祖父が死んでからも、祖父の呪いは至るところに植え付けられていたことを思い知った。

葬儀会社と話を進め、どの葬儀プランにするかを決定し、程なく納棺することになった。するとどこから聞きつけて来たのか、祖父の友人夫婦が葬儀場にやって来たのだ。

私は驚いたが礼をし、

「今、納棺の最中なので待合室でお待ちください」と伝えた。

この日は葬儀が立て込んでおり、狭い四帖半ほどの部屋しか空きがなかった。祖父にはそこに横になってもらっていたため、納棺師が亡骸を整えるための道具を広げた部屋は、座るところがほとんどないような状態だった。

そこで友人のお別れは、改めて納棺後にしてもらおうと考えたのだ。

ところがその夫婦は、ガラッと扉を開けズカズカと部屋に入ってきた。私が呆気に取られその友人夫婦の顔を目で追うと、すかさず祖父の顔を撫でて涙している。私が、納棺まで待てないほど悲しみがこみ上げていたのかと思うか思わないかの間に、男性が祖父の腕などを確認し始め、私にこう言い放ったのだ。

「このアザはなんなんだ！」

「なんだと言われても……。点滴の跡ですかね？」

私は、そう答えるしかなかった。祖父の入院していた姿を思い出し、ほとんど寝ていない冴えないもう一人の私の中で、記憶と知識を泥団子のようにコネコネ丸め、必死に出した答えだった。

友人夫婦はしばらく沈黙していた。私は、なぜ責められるように詰問されているのかわからない。睡眠不足のもう一人の私が機能を果たさないために、相手の意図を窺い知ることができずにいた。

私は、ムスッとして機嫌が悪そうな夫婦が部屋を出ていく後ろ姿を見つめた。私は祖父の納棺を見届けると、ようやく一つの会場が空き、祖父を運ぶことになった。

祖母は骨折で入院中のため、私が喪主を務め上げなければいけない。親戚の付き合いも断たれていた私は、母の葬儀以来まともに関わったことがなく、手順やしきたりも無知であった。

どれだけの人が祖父が亡くなったことを知っているのだろうと不安になり、家族葬で行うはずだった葬儀は、友人が登場したことによって予定が狂った。葬儀費用や、お膳などもどうすればよいかと、予期せぬ事態に不安と疲労が交差していた。

会場で待っていた友人夫婦は、祖父の棺が運ばれて来ると、一目散にお焼香してくれた。有り難い気持ちを持った私は、どこまでも能天気だった。

私がその行為を無視したと思ったのか、彼らは、横暴な態度を取り始めるのだ。そして私に厳しく問いかけてきた。

「あんたがお孫さん？」

「はい」

「ふーん。家族だけで葬儀やるって？　ちゃんとみんなに連絡しろ！」

通夜から葬儀までの日程が印刷された案内の紙束を、その男性は荒々しくテーブルに叩きつけた。祖父が運ばれた畳の会場は、以前の葬儀の際に焼香をこぼし、焦げてしまった跡がいくつかあった。その男性は焦げ跡を指で拭うと、その指と私を交互に睨みつけた。

私はこの男性の気持ちを推し量れる状態ではなかったが、心だけは敏感だった。そして、もう一人の私は誤作動を起こした。私は人目を憚らず、急に大声で畳に蹲り泣き始めた。何が悲しくて泣いているのか、もう一人の私も理解していなかった。だが、脳が心の傷を感知し、ここは痛みを伴った涙を流せという指令を出しているようだった。

あの時の私はもう一人の私ではなく、心が支配していたのだ。

友人夫婦が真っ先にお焼香をした時の違和感。納棺が済み、会場に運ばれた最初の焼香は喪主がするものだと後から思い出した。

男性はあからさまに嫌がらせをしていたが、私が鈍感なため逆にイラつかせてしまったようだった。また、祖父の腕のアザは、私が虐待していたと思わせるような痕跡で、それを隠すために納棺に立ち会わせなかったのではないか、そして、見つからないように家族だけでひっそりと葬儀を執り行おうと企んでいると考えたようだった。

祖父の痣は、痛みと苦しみに悶えた跡だった。あまりにも暴れるため腕をベッドの柵に縛られていたのを、自分の目で見た衝撃も強かった。友人男性に問い質されている時は、本当に点滴の跡だと思っていたが、後日、整理した記憶から思い出した。

祖父は生前、車のことで私から嫌がらせを受けていると友人たちに吹聴していたのだ。まだらボケとは厄介で、周りにはわかりにくい。車で歩道を走っていたから危ないんですと、家族が日頃の認知症を説明しても信じてくれる人はいなかった。本人さえ、あったことがなかったことになり、なかったことをあったことにしてしまうのだから。

祖父と信頼関係を築いた友人たちが、私を悪魔の孫と思っても仕方がないのかもしれない。祖父の思い込みからの嫌がらせは、多角度から形を変え、私を攻撃してきた。

祖父が真の悪魔であること。それを知っていたのは私だけだった。

以前、「認知症ではない」と信じて疑わなかった祖父が、糖尿病で通院している内科医の先生に紹介状を書いてもらい、脳神経外科を受診したことがあった。まだらボケを自ら律し、構えた状態で病院に行くと、結果は良好なのだ。本人にとって、車を取り返せるかどうかの大切な判断基準になるのだから、命懸けだったろう。

検査のための記憶力テストで、「覚えておいてくださいね」と言われた名称を、必死で覚えておく。私の同席は祖父が拒否したため、別日で医師との面談をした。祖父は言葉巧みに医師を味方に付け、私に悪のレッテルを貼ることに成功していた。

初めから私を疑ってかかる脳神経外科医も、紹介状を書いた内科医も、明日は我が身の高齢者だった。同情心が芽生えてもおかしくないだろうと思ったが、私はどちらの医師にも十分説明を尽くした。

以前撮ったＭＲＩの画像もあり、結果は明白だと確信していた。しかし、「歳相応の記憶力で診断名は特になし」、即ち「認知症ではない」という結果だったのだ。

ＭＲＩの画像で脳の萎縮が見られ、アルツハイマーであることは確認できているはずだ。でも問診での受け答えに不審な点を見出せなかったことや、私の介護虐待と思われる内容に同情したのだろう。真逆の診断結果が、私と祖父の手元に置かれることになった。

認知症の老人は、とにかく懸命に、「認知症ではない」という主張をする。それに「まだらボケ」は全集中すれば、記憶力テストはクリアしてしまうことがあると証明されてしまった。

さらに、医師は必ず普段の様子を本人の家族に話を聞くのだが、同じような年代の夫婦では、互いに認知症を発症している場合も多い。よって、正しい日常を説明するのが難しい場合もある。祖母は祖父の言いなりだったことや、私が祖父の受診の場にいなかったことで、どのような陰口や妄想を話したかわからず、反論や訂正のしようがなかった。

医師にそれを一旦信じ込ませてしまうと、家族が払拭することは簡単ではない。そんなありもしない話を鵜呑みにする医師などいないと、軽く考えてはいけないのだと思い知った。

私の祖父は認知症による妄想を、まるで自分が目撃したかのように、リアリティーたっぷりに話す。そのため、認知症を間近で見たことがない人は信じてしまうだろう。私が不幸だったのは、認知症という病気を知り尽くした人たちにも疑われたことだった。

医師に加え、二人目のケアマネージャーも、同じく洗脳されてしまった。そのケアマネージャーは祖父母宅を訪問した後、その足で私の家に出向いてもらい、契約を交わすことになっていた。そこでも、私が同席しなかったことが災いとなる。祖父母との話を終え、私の家に来てもらった時、とてもふてぶてしい態度をとられて困惑した。祖父から、私の介護虐待を訴える話を信じ込んでしまったのだ。私がいくら真実を話しても、起きた事実を問題視した。植え付けられてしまった印象を覆すことは、とても容易なことではなかった。

「無理矢理車を取り上げられ、免許証を返納させられてしまって、とても辛い」

と泣かれたらどうだろうか。その説明は、悔しいが間違っていないだろう。事実がそうであったとしても、真実は事実の裏に隠されているものだ。

そのケアマネージャーは介護のプロであったが、祖父の話を信じ込んでしまった。私が話したことが真実だと修正できたのは、他人からの証言に他ならなかった。自治体の担当者より経緯を説明してもらい、ようやく私に向けられた〝悪孫〟という疑惑が解けたのだ。

すぐさま、その介護事業所から辞退の申し入れがあった。祖父母と一緒に〝悪孫〟として話に乗ってしまっては、ケアマネージャーとして面子丸潰れであるのは納得した。

私に足りなかったものは、記録を残すということだった。当時は手元に十分な機材もなく、満足に動画を保存することができなかった。日常の動画を撮るという意識が薄かった時代ではあった。でもせめて、祖父の妄想による虚言の録音があれば医師の理解も得られ、事態は大きく変わっていたかもしれない。

祖父が数十年掛け続けてきた私への呪いは、思いがけない人たちにも有効であると示されてしまった。私というツールを使って、呪う技術が磨かれてしまったのかもしれない。

そしてこの時の私たちは、異なる医師の見解から正真正銘のモルモットにされたのだ。行動心理の研究材料にでもされればまだマシだが、この異なる診断結果に行政も言葉を失った。

認知症ではないとなると、もちろん介護認定そのものが覆ってしまう。弱き者が生きていくための素晴らしい介護制度に感動した私というモルモットは、弄ばれ、疑心暗鬼の時間をただ意味もなく過ごしただけだった。そしてその盲点が、改善されたのかどうか。そもそも今も議題にすら上がっていないのだろうと、疑念を抱いている。

さて、もう一人のモルモットじいさんはというと、「認知症ではない」という結果が追い風になってしまった。弁護士へ依頼し、車と免許証を取り返す起爆剤を得られたかのように、大きく舵を切っていく。

免許証は一度返納すると二度と返ってはこない。もう一度自動車学校で教習し、ペーパーテストを受け合格しなければ手にすることができない。我が家にとって、確実に運転を止めさせるために必要であった行為だと、今も信じて疑わない。

医師の認知症の定義が曖昧なことで、今さら「認知症は間違いだった」などと言われても受け止めきれるはずがない。数々の認知症を強く疑う行為に背を向けることは、私が信じる正義に反することだ。そしてどうしても、祖父母を見放すことができなかった。

ここで折れていたら、祖父母から恨まれることもなく、楽な道を辿れたかもしれない。だが、必ずその代償を払わないといけなくなると、私の辛辣な体験からもう一人の私が導いてくれていた。

医師がせめて、キーパーソンの私の話を聞いた後、行政に確認を取ってくれたなら。そして再度、事故歴や入退院など検証し直し、ミドルケアラーの立場になって考えていてくれていたらと思う。

医師に見放されたケアラーは、「なんらかの事故を起こすまで傍観していろ」と言われているのも同然だ。それはまさに、生き地獄であった。そして祖父は近所や友人に、「自分は被害者だ」とばかりに訴え、都合の悪いことは伏せ、同情を煽り、勇気づけられていたのだろう。それが、あの葬儀の時の友人夫婦の行動に繋がっていたのだ。

死んでからも、祖父の呪いが周囲をうろついている。私はいつまで祖父に呪われるのかと目眩（めまい）がした。

祖父母とのこれまでの関係に蓋をせず、あれは虚像だったとしっかりと受け止めていたのならば、結果は変わっていただろうか。祖父が行ってきた呪いの儀式が私の精神を蝕んでいることを、本人は知っていたに違いない。「勝手に介護をされて自由を奪われ、孫に逆恨みされている」と勘違いした祖父が、最後まで抗ったということだ。

とにかく私は、葬儀を滞りなく進めなくてはと必死だった。火葬場に着くと、友人夫婦から連絡をもらった人たちが大勢駆けつけており、私は驚嘆した。

叔母が費用を用立ててくれることもなく、香典を辞退した若い孫夫婦は、葬儀にお金を掛けるほどの余裕は持ち合わせていなかった。その結果通夜振る舞いも満足にできなかった。火葬場でどうやって持て成すのか、家族だけでやりたかったのにと気が滅入った。

会場には、怨念のこもった重く冷たい空気が漂った。皆の鋭い眼差しが弓になり、私に矢を放ってくる。私は、背中から心臓を抉(えぐ)る痛みに耐えなければいけなかった。

心を無にして耐えてきた、あの幼い頃の醜い感情が、ここに来てにわかに土から芽を出した感覚を覚えた。でも、「何を言われても、終わってしまえばこの人たちと二度と会うことはないのだから」と自分を鼓舞し、祖母に代わって喪主代理として挨拶も務めた。

「祖父は、写真を撮ることが趣味で、いつも私たち家族を撮っては、写真をプレゼントしてくれる、優しい祖父でした……」

このアウェイの場で、一連の〝車騒動〟で起きたことや、祖父の認知症度合いを公にしたところで、皆信じてくれるはずがないことは見て取れた。家では狡猾な祖父だが、外では人望と信頼という仮面を着けた、プライドの高い人だからだ。

葬儀が終わり、骨壺の中で小さくなった祖父を自宅に迎え入れるため、葬儀会社が祭壇を設置してくれることになっていた。

祖父の家の和室で、乱雑に置かれている物を片付け、私は仏壇の前でボーっとしながら座り込んでいた。すると、仏壇の上段と下段の隙間に白い物が見えた。何かが挟まっている。顔を傾けながらそーっと近づき、引っ張ってみると、見覚えのある字で「遺言書」と書かれた封筒だった。封は開いている。その理由も私は知っていた。なんせ、私が「開けて確認してみたら?」と言ったからである。

それは、ある書類に、祖父の手術歴を記入する上で、「日付がわからないか?」と聞かれたため、「遺言書を書いた翌日だったでしょ?」と答えたからだ。私の目の前で祖父は、遺言書をどこからか出してきて、はさみで切り、中身の日付を確認していた。勿論、「ちゃんと新しい封筒に入れ直してよ」と伝えていたのだが、封が開いたままということは、面倒だったのだろう。

もう一人の私は、疲労困憊しており役に立たなかったが、第六感か何かから遺言書を隠さなければいけないと言われているような気がした。入院している祖母が留守にしている今、「何としても、この家をおばあちゃんのために残さないと」と警戒し焦っていた。見つかれば、破かれることは目に見えていた。それに私が隠していたことが知られると、かえって厄介だ。

そこで目についたのが、和室の縁側にある押入れだった。仏壇に戻してしまうと、誰もが考え至る所だろうと思って回避した。

押入れの下段には衣装ケースが重なって収納されていた。そこの一番上に、丁寧に置いた。そして「見つかりませんように」と手を合わせ、閉めた。ぱっと見ると、隙間が狭く置いてあ

ることがわからない。まさか、こんな所に無造作に置くなど、祖父だったら絶対にしないだろ

う。それが、返って意表をついて良かったのだ。私は一か八か賭けてみることにした。万が一、

見つかった時は、それが運命だと受け入れようと覚悟した。

祖父が亡くなり、結局、身内では叔母一人が通夜と葬儀に参列した。

葬儀が終わった翌日までわざわざホテルに泊まり私との接触を避けていた叔母を従妹と叔父

が迎えに来た。そして、骨壺に小さく収まった祖父に手を合わせた。

本来なら、祖父の娘夫婦である叔父叔母が葬儀の一切を仕切るのだろうが、その意思表示は

なく、葬儀関係の一切を私に押し付けたのだ。

私がお茶を出し、葬儀でこんなことをされたとか、葬儀費用や、祖母の怪我の病状を説明し

終わると、従妹がそれとなく遺言書の話をしてきた。生前、祖父が叔母に、

「この家はあんたにやるから」

と口頭で伝えられ、「遺言書も書いたから」と聞いていたそうだ。やはり叔母たちは、祖母に

残すつもりはないようだ。私は、引き出しから出てきた祖父母の通帳を見せ、現金がほとんど

残っていないこと、キャッシュカードの暗証番号がわからないから残金を下ろせないことに加

え、遺言書がどこにあるかわからない、とも言った。見つかったら、遺言書の存在が無かった

かのようにされてしまう危機感が、拭えなかったのだ。

すると従妹が、仏間を探したいと言い始めたので、毅然とした態度で「どうぞ」と言った。リビングの隣には襖で仕切られた和室があり、そこが祖父母の部屋になっていた。従妹たちは「開けたままだと寒いから」と言って、パタンと襖を閉めた。聞き慣れているはずのその音は、家探しが始まった合図に成り代わっていた。

叔父は和室を覗かせないために、一生懸命私に話題を振り、リビングに留まらせた。しばらくすると、八畳程の和室の家探しは思ったより早く終わった。何も見つけられず、がっかりした様子の叔母家族が情けなかった。

祖父の遺影の前で雑談が始まり、この後祖母の病院へ行くと話していた。

ところが、トイレに行くと言ってリビングを出たきり、叔父がなかなか戻って来ない。

「叔父さんどうしたんだろうね?」

と聞くと、ばつが悪そうな顔をした従妹だった。呼ばれると慌てて戻って来た叔父が、今度は、

「あっ、忘れものした!」

と、また戻って行った。けれど、一階のトイレのドアを開ける音がしなかったことがとても疑問だった。もう一人の私が、機敏に働いてくれていたら、きっと叔父がどこに行ったか見当をつけ探しに行っただろう。

けれど、体が鉛のように重たくなっていた私たちに、そんなことができるはずもなかった。

あの時叔父は、二階にある金庫の部屋で物色していたようだった。

従妹たちが帰るというので、外に見送りに行くと、「病院に一緒に行かないの?」と言われ、「え???」と思ったが、慌てて家の中に戻り、さっと片付けて荷物を持って外へ出ると、今度は、「やっぱり仕事が間に合わなくなるから、このまま帰るね」と言って、祖母を見舞わずに帰ってしまった。

呆気に取られていた私も、家の中に戻り、遺言書が無事か確認した。案の定、祖父がこんなわかりやすい所に置くはずがないと、従妹は思ったようだった。一か八かの私の賭けは、勝ったのだ。これで祖母の家を守ることができた。そして、私はそれをバッグにしまい、家路に就くことにした。

あれは、肩透かしにでもあったと思った彼女らが、金になるものがないなら「もう用はない」と思い、祖母に媚びる必要もなくなったということなのだろう。

一人の人間がこの世から去るということは、とてつもなく大変な作業であった。訪問客を迎い入れながら、年金や保険、不動産登記簿の変更、水道光熱費の口座引き落としの変更、車の名義変更、部屋の中の物の処分、町内会への報告……。そんなことをしている間に一周忌がやってくる。

私は昔、祖父母に「おじいちゃんとおばあちゃんの子にならないか?」と相談されたことがあったが、どうしても嫌で断っていた。名字を変更するとクラスメイトから、からかわれるのではないかと想像していたからである。

そういったことから、戸籍上は孫に変わりなかった。正真正銘の〝子〟である叔母は、全ての雑務を勝手に放棄し、私に押し付けていった。


何となく隠した遺言書は叔母たちに見つかることはなかったが、このままでは家などの所有物が相続人全員の名義になり、祖母がこの家に住み続けることができなくなるかもしれない。

そう考えた私は弁護士に相談することにした。すると、裁判官に検認してもらう必要があると教えられ、その手続きを始めることにした。

その過程で、父という男の所在を知ることになった。その男は、私より二歳年上の人と再婚していた。まだ子どもはいないようだった。

これ以上、あの男の血を分ける者が増えないことを願うしかなかった。

更に、絶縁し行方がわからなかった母の兄弟の安否がわかったのだ。既に亡くなっていた。それも、祖父の亡くなった日の前日が命日であった。しかも、飛び降り自殺だったらしい。

祖父の死から思いがけないことが明るみになり、とても奇妙だった。今まで隠されていたことが、一気に噴き出したようだった。

この祖父母に関わると幸せになれない。死神でも憑いていたのではないか。それとも、神様は平等に苦しみを与えているのか。それとは逆に、不平等なのか。

どのように解釈すべきか、受け止め方に苦慮していた。

その最中、法定相続人たちに裁判所から通知が届き、裁判所で遺言書の中身を確認する日程が記載されていた。

それを見た従妹から連絡があり、中身はどんなことが書かれているのかと問い詰められた。本来なら、遺言書が見つかっても勝手に封を開けてはいけないことになっている。だが、祖父の遺言書は開いていた。中身については、弁護士から裁判所に来て確認して欲しいと言付けを頼まれていたためそのように伝えると、ため息交じりに「なんなの？」と怒りを吐き捨てられた。

祖母が生きているにも拘わらず、介護はしたくないが相続の権利だけ主張してくる叔母たちは、法定相続人の私にも相続権利が与えられるということを知らなかったのだろう。早とちりしている叔母たちが、我先にと家の所有権を巡り、化けの皮が剥がされた格好となった。

そんなやり取りをしながら、その後、祖父と私に芽生えた醜い愛憎を摘み取り、それらと一緒に納骨した。隣には母の骨壺があった。母は祖父の隣に並び、どんな思いを抱いているのだろうか？

そうこうしているうちに、墓石が閉められた。


もう二度とあなたを思い出すことはしたくない——

そして、祖父が亡くなって数年後。あの老人の列車衝突事故で、一審、二審とも遺族に損害賠償請求が認められていた裁判の最高裁判決が下された。

家族の逆転勝訴だった。損害賠償請求は棄却され、認知症を抱えている家族にとって大きな判決となった。

砂上の楼閣

祖父が他界してから私が次の行動に出るまで、そう時間はかからなかった。

祖父の生前から悩まされていた家の雨漏りがあった。放っておけば、間違いなく腐っていくことは一目瞭然だった。手遅れになる前になんとか原因を突き止め、修繕しなければと模索していた。

祖母は骨粗鬆症で何度も骨折を繰り返し、その度に入退院を繰り返していた。しかし介護職員の方々のお陰で、私は子育てに専念することができていた。


家の修繕を頼んだ大手ハウスメーカーには、入院中の祖母に代わって私が対応の窓口になったことを伝えた。原因究明を急いでもらうことにしたのだが、やる気のなさに嫌悪感を抱いていたが、ぐっと堪えていた。業者が愛想良く対応することは常套手段……という印象を持ち、原因を突き止める気がさらさらないように見えた。

そこで私は、「ホームインスペクター」(住宅診断士)を検索し、祖父母宅の雨漏りの原因究明を依頼した。まさか、ここでも思いもよらぬ事態が待ち受けているとは想像もしていなかった。祖父が亡くなってからも、旅路の終わりはまだ見えてこなかった。

ハウスメーカーによる外壁修繕は、生前、祖父が依頼していた。その工事も手抜きであったことが発覚し、再度、塗り直すことで合意を得られた。足場を家の周りに組む作業が行われ、容易に屋根上などが点検できる環境が整っていたことが功を奏した。

私は、ホームインスペクターに請求金額の半分を振り込み、検査終了後に残りの半分を振り込むという契約を交わした。検査当日、家の軒下から外壁、屋根の上まで隈なく検査してもらった。いわゆる家の健康診断だ。そこまで高くない値段で行ってくれ、ハウスメーカーに依頼するより、第三者機関の調査は信頼できた。

当時は需要と供給のバランスが悪く依頼が殺到しており、予約が取りにくかったのが難点だった。雨漏りの原因を探って欲しいという依頼は多いと担当者から聞いた。住宅メーカーによって家に生ずる欠点は大体同じで、詳細は語らなかったがおおよその目星を付けているという。

作業服を着た担当者がデジタルカメラを片手に、埃まみれになりながら次々に検査箇所を撮っていった。最後に、庭にある散水ホースをバルコニー伝いに屋根に向け、蛇口を目いっぱいひねると、狙いをつけた場所に水の出口を当てジャブジャブと一点集中に至近距離でぶつける。私は雨漏りしている部屋で、水が滴ってこないか確認のためスタンバイしていた。

水が、ツタツタと垂れてきた。担当者に水が漏れていたことを伝え、「やっと雨漏り箇所がわかって良かったー」と胸を撫で下ろした。だが、調査が終わる気配を感じられない。私は戸惑いながら、再び水が滴る天井から目を離さずにいた。終わりを告げられるまで、そうしていなければならないようだ。

担当者は、次々と虱潰(しらみつぶ)しに調べ上げていく。ようやくすべての問題箇所を確認し終わり、結果報告と同時に場所の確認をしてくれた。

三カ所から雨漏りしていることがわかり、そのどれもが滴る場所は同じで、一階のリビングの無造作に鋸(のこ)で切られた天井だった。ハウスメーカーの現場担当ではない、アフターサービスの窓口になっている担当者が染みてきている天井に穴を開けた場所だ。

雨が吹き込む穴を見つけ修繕したとしても、あと二カ所の穴を見つけなければ、いつまで経っても雨漏りから解放されることはなかったのだと思い知る。ホームインスペクターは住宅メーカーの特性や、雨漏りのしそうな箇所、そして一カ所に留まらないことを熟知していることがよくわかった。プロの仕事を間近で見せてもらい驚嘆した。

一カ所目の雨漏りは、二階のサッシ端。二カ所目は、二階の外壁と外壁の間のパッキンの小さな隙間。そして三カ所目は、二階の屋根からだった。

以前外壁や屋根の塗装に伴い雨漏りの原因を探ってもらったことがあった。大手ハウスメーカーは、「バルコニーの経年劣化が原因だ」と言い張った。そして、塗装費用プラス二百万円という修繕見積もりを提示してきたのである。よく調べもせず、結果バルコニーが原因ではなかったのだから、悪徳業者と言っても過言ではなかった。きちんと現場作業員を連れて放水で調べることもせず、スーツの上から会社のブレザーを羽織った人が簡単に算出し決めていったことをとても腹立たしく思った。

あの人たちは、どこから雨漏りを起こしても仕方のない造りだからと、己たちで言っているようなものだ。自信を持って〝良い建物〟と言えなかったのだろう。残念ながら、初めから雨漏りをなくすことなど考えてはいなかったように見えた。そして老人をうまく騙し、高い修繕費を払わせようとしていたのだ。大手ということだけで信用してはいけないと、家族に騙され続けてきた私は、もう一人の私に埋め込んだ。

ところが、ホームインスペクターから思いもよらぬ言葉が続いた。

「この家は、欠陥住宅です」

もう一人の私は〝欠陥住宅〟という言葉に繋がる記憶を懸命に探し出していた。けれど、それよりも、目の前に差し出されたデジカメの画像がもう一人の私の脳に届けられると、パニックに陥っていた。

そこに写っているのは、ホームインスペクターがボードに〝今日という日付〟と〝祖父の名字〟を書いたものだ。紛れもなく、私が立っている下のことを差していた。

そして、家の基礎の隙間に挟まっている石。

「？？？」

ホームインスペクターが説明を続ける。

「これは、基礎に空いた隙間を埋めるために石を挟んでいるんです。ほら、こっちの写真にも」

と、両手で輪っかを作ったほどの石や、片手拳くらいの石やら、色々……選り取り見取りの石ころが、この下に挟まっている。そんな写真が何枚もある。言葉が出なかった。

「聞いたことはあったけど、自分たちが住んでいた家が欠陥住宅って、どんだけあの人たち運がないの?」と、呆れてしまった。

そして、ホームインスペクターが、私を玄関外に連れ出した。屋外の玄関に敷き詰められているタイルを、上からトントンと道具で叩いてみせた。元々、タイルの一角が欠けて壊れている。

「この音は、空洞になっている音なんです。本来なら、コンクリートで埋め固められているはずなんですが、この中身は砂になっています。何らかの理由で砂が寄ってしまい、空洞になってしまったようですね」

と、説明をされた。

「この家って一体なんなの? 一つ片付いたと思ったら、次から次へと!」

と、怒りが込み上げてきた。

今度は、屋根裏の点検箇所について口を開く。

「屋根裏は、コウモリの棲家(すみか)になっていました。糞が多数見られましたから……」

「コウモリって、人間が住んでる家に棲みつくの?」

と、私は知らない生態の情報を得られないまま、どうしたらいいのかわからなくなっていた。

なんでも、コウモリというのは人間の手の小指の第一関節ほどの穴が開いているだけで、出入りができるらしい。いわば〝隙間だらけの家〟だったのだ。

もう一人の私の中では、「裁判沙汰?」という言葉が駆け巡っていた。

私は、途方に暮れた。

だが、ホームインスペクターの言葉に目が覚めた。

「住宅の売買には、瑕疵担保責任というのがあるんですが、売主側にあるその責任期間は既に過ぎており、訴えても相手に弁償させるのは難しいと思いますよ……」

と言うではないか。それならどうしたらいいのか……。

祖父母は、母が亡くなった当時の家を借金返済に充てるため売却し、建売住宅のこの家を購入した。

神様に祈っていれば幸せになれると信じ新興宗教に入信していた祖母は、その神様に裏切られていた。

そして祖父も、頭のどこかで信じていた神様に、裏切られていたことを知らぬまま、もがきながらあの世へ連れて逝かれた。

「知らぬが仏」とは、本当にそうなのだろうか。私は、こんな騙され方は絶対に嫌だ。

もう一人の私は闘争心に燃えていた。どう考えても、この証拠を大手ハウスメーカーに突き付け、修繕させることがベストだと考えていた。

もし、大手ハウスメーカーがやらないと突っぱねたら、証拠写真を晒せばいい。私は強面で問い詰め、「しっかり修繕します」と約束を取り付けたのだった。

そして、大規模な修繕工事を行うことになった。

それに伴い、一旦家中の片付けをしなくてはいけなくなった。この際だからと、祖父のものを処分できる良い機会と捉え、取り掛かった。

工事の日程もあったので、呑気に眺めながらもできない。大事そうな物とそうでない物を分別し、大事な物だけ我が家で一旦保管することにした。

すると、革の鞄の中から出てきたものに驚いた。過去の通帳がごっそり入っており、祖父だけでもかなりの額の年金をもらっていたことがわかった。私には「年金暮らしだから、うちにはお金がない」と言い、贋物生活を強いられていたことを初めて知ったのだ。二カ月に一度振り込まれる年金は、祖母と合わせて一カ月分に割っても、教育費がかさむ我が家の一カ月の生活費よりも遥かに上回る金額であった。私が嫁いだ後、新調した家電が一つずつ増えていくなと、不思議に思っていたことを思い出した。

「お金ないんだから、無駄遣いしないで」

そう忠告していた私が哀れに思え、改めて私にお金を使いたくなかっただけだったのだと思った。祖父母の嫌がらせを数字で提示されてしまい、疑ってはいけないという呪いと、精神的虐待という言葉をどう文章で繋げたらよいかわからなくなった。

祖父は、企業年金ももらえるしっかりした会社で勤め上げた。それで、あれだけ沢山の年金をもらえたのだろう。まあ、あの祖父が入社できたのも親のコネなのだが。

「生活が苦しい」という金額ではない数字が並んでいるのを見つめながら、私はつくづく祖父のことを浅ましいと思った。私を寄り付かせないために、お金のない工作が必要だったのではないか。一円でも多く自分のために使い、私には使わせたくない。そういった強靭な意志が漂っていた。

学費も、自動車学校の費用も、切迫早産で入院した入院保険も、お金に関わる全てのことでいつも嫌味や小言を言われながら生活してきたあの時間が、気持ち悪くへばりつき、吐き気がした。

「お前のことが嫌いだ」と、はっきり言われた方が楽だったのかもしれない。「引き取り手がいなかったから育ててやったんだ」と。

忘れていた恩着せがましい事実を、祖父は死んでからも訴えてくるのだ。

母が自殺した後、私は死ぬという選択肢を与えられず、黙って耐え忍んだ。残された家族がどんなに辛いかと、毎日毎日責められてきたあの儀式の時間を、どう消化したらよいのだろうか。

「この人が、あのように苦しみながら死んでいったのは、生前の行いからだった」

と、私は無理矢理自分に言い聞かせた。モノクロ世界に放り込まれ、もがきながら息をしていた子どもを放置し、祖父母は、自分たちだけ彩りのある空間にいて、温かい空気を吸っていたのだ。

あれだけの年金を貰いながら、祖父母には貯金がほとんどなかった。家を一括で購入したにも拘わらず、私の学費は奨学金で賄い、祖父母が楽しく旅行に行く姿を横目で見ていた。私は旅行になど、一度も連れて行ってもらったことがない。いつも留守番であったが、それは儀式が行われない日でもあったため、唯一、心休まる日でもあった。

生命保険も解約されて使われていたし、祖母の入院費用の足しになるようなものは残されていなかった。

「元気なうちに現金を使い果たそう」という主義の祖父は、残された人を家族と思っていなかったのだ。母や父という男への怨念を私に向けることで、自身の怒りを鎮める対象にしていたとしか考えられない。

私の怒りは、沸点を超えてしまった。

私への増悪を握りしめたまま、あの世に逝った祖父。そこが地獄であって欲しいと、どこかで思うことは罪なのだろうか。

窓に映る空に向かって母に問いかける。

そこは天国ですか？　地獄ですか？

オマジナイと瞑想と神様

私には、信じて疑わないものがあった。幼い頃から入信していた宗教だ。「信教の自由は、憲法で定められた権利だ」と、祖父母から継承されていたその宗教を、疑わない己が馬鹿だと思う。だが、虐待されていることにも気が付かなかった私には、比較対象がなかった。そのことが、違和感を持てなかった原因だと思っている。

日々の悩みや将来の願望、母が私を捨てた怨み。それに、神様への感謝も忘れなかった。より一層信仰に力が籠るようになったのは、高校を卒業して真っ先に家を出て、夫と結婚してからだった。

「母と同じ道を歩みたくない」という恐怖心から、決別したかったゆえの苦心惨憺(さんたん)だった。

宗教とは、ネガティブなイメージを持たれることもある。私は人間形成において欠落した部分が多く、社会で通用しない不適合者だったと思う。その穴だらけになったスポンジの私を少しずつ埋め固め、石鹸のように滑らかにしてくれたのが宗教の哲学だった。当時の私には必要不可欠なものだったのだ。

生きるということ、人間の価値、人間の尊厳、他者への慈しみを勉強し、実践することで確実に人間らしさを形成していった。その経験や哲学を通して、絶対に悪魔に負けてはいけないという教えも得た。穴ぼこだらけの道は、綺麗に舗装されていった。

「正義は勝たなければいけないのだ」と教えられ、日々の生活の中で戦い抜き、宗教活動にも率先して協力してきた。今思えばそれは、育児休暇後に社会復帰をする母親のように、私にとって宗教活動が社会活動であり、社会復帰への道のようだった。

労働対価は賃金ではなく、幸福貯金だった。宗教活動は目には見えないが、幸福貯金に貯められると教えられ、〝幸福〟という形が見えないものを一番欲していた私や悩みを抱えている人たちは、絶対的な幸福を手に入れたいと躍起になっていた。そんな私たちと利害関係が一致したのだろう。

その宗教法人では色々な役職がある中で、活動の教えを被り、月ごとに活動事項の指示が加わり結果を要求される。だがそれは、あくまでもボランティアのため、本人がどれだけ奉仕したいかで活動時間は各々違うし、濃淡度合いも違う。その宗教法人は、人に奉仕する場や環境を提供し、幸福貯金させることによって精神的幸福度を高める。それによりこの活動は素晴らしいと自負するようになり、さまざまな人を勧誘する。

また、その精神的幸福度を高めてくれた宗教法人に対して、対価を支払いたいという欲求が出てくる。目には見えない幸福貯金を差し上げようにも、差し出し方がなく、代わりに現金を寄付したいと思うようになる。そしてそれは、皆が幸せになれる集会所建設費などに使用されていると幹部から聞いていた。だが、宗教法人に就職する人もいたのだから、寄付金が人件費に回っていないとは言い切れないだろう。お金に色は付いていないなし、宗教法人は私たち活動家にお金の詳細を公開する必要はないからだ。

一体どのくらい寄付金を募り、どこにどれだけ使っているのか知り得るはずもなかった。活動家が増えれば、寄付金も増える可能性が高いのだから、それは熱心に勧誘しようという強い圧力を掛けてくる。親戚に同じ宗教法人の幹部がいたが、以前聞いた話で年収は一千万以上は貰っていたと聞いたことがあった。そのためなのか、「友人は大切に、関係を保つように」と常々言われていた。いつ何時、その友人が入信するかわからないからだ。

それが発端で、波長が合わない友人との関係を保つことも強要されているような気がした。釣った魚は逃がさないとばかりに食いついてしまった結果、誤った友人関係からこじれてしまい、後にいじめという大事件が起きてしまう。

宗教法人も、一人暮らしの老人が多い現代社会を反映しているかもしれない。そのような方を訪問し、困っていることはないか、最近変わったことはないかと、集会のお知らせをしながら尋ねる。話を聞き、どうやったら悩みを解決できるか知恵を絞り、ともに祈る。わかりやすくネーミングを付けるとすると、〝勝手に訪問相談ボランティア〟だ。

また、子育て世代にはサークルのようなものがあった。企画運営し、世代に合った講師を招き講義を開催。孤独な子育ての悩みなど、母親たちに寄り添ってきた。私はいつも中心的な役割を担い、多方面に五つの役職を抱え、懸命にこなしてきた。真面目に活動していたから便利だったのだろう。共働きの活動家が多い中で、私のように宗教活動に昼夜時間を割ける人材を有効活用していただけだと言われるかもしれない。だが、役割が偏ることはよくあり、上手な人はうまくかわして断っていた。

私は文句を言わず、割り当てられたものを黙って引き受けた。それは、神様が決めたことだから断ってはいけないと諭されていたからだ。幼き頃の分身が、沼底から求めるように欲していた「他人に助けてもらいたい」という欲求も、立場を変えてぶつけていたのだろう。

それに、「文句を言えば幸福貯金が減る」と、搾取され続けてきた宗教活動。脳にネガティブな文言を取り入れない方が、活動にも素直に取り組めるからだろう。つまり、個人に宗教法人の問題点を指摘させず、互いに指摘し合うことや、宗教活動への疑問を吐露するのを躊躇させることを目的としていたのかもしれない。

それが単に幹部には、「美しい活動家姿勢」と映り、私という人間のことも勝手に美化し、歪曲して受け止められていたのだと思う。花は綺麗に咲いていても、根腐れが起きていることに気付かなかったのだ。所詮、人が人を評価するということは、こういうことなのかもしれない。

宗教活動において大切なことは、苦難を祈りによって、どのような知恵や神様から施しを受け、どのように乗り越えたのか観衆に話し、多くの人に共感体験をさせられるかである。感動、感激、共鳴を得られると、その人に対する見方が尊敬の念へと変わり、聴衆もそうなりたいと神様への誓いを堅く結ぶ。大病を克服した話や、家庭不和、事業失敗から多額の借金を背負い起死回生した話が多かったと思う。

涙ながらに話す体験者につられ、会場は一気に引き込まれていく。だが、人前で話せることは、美化し継承できるものや、他人から評価を得られる体験を切り取ったものなどだ。自分に非があり、他人を傷つけた話はしないのだから、その人のことを何も知らずに成功体験だけ聞き、共鳴するのは危険だと思う。信心深く人が良いと思っていた人でも、その中身を知って幻滅したことは数知れず。世間一般に当たり前にある表裏は、宗教家にも存在する。

体験談は実際にあったこともあるのだろうが、誰に対しても慈悲の心を持って接しているかと聞かれれば、それはＮＯだ。なぜなら私たち人間は、この世に生まれ、修行をしている身であると言われているからだ。完全な慈悲を持っている人間などいないと、宗教法人は初めから言っているようなものだ。如何にも非がない人に対して攻撃してくるような人にはもちろん腹を立てるし、関わりたくないと避けるところを多々見てきた。本当の慈悲の心が備わっていれば、傍観をせず、腹も立てないのではないかと、今でも思うところだ。

それに実際私も、組織の中で謂れのないことを吹聴されたことがある。私はリーダーに適さないと、裏で揉めたこともあった。妬みや嫉みによる足の引っ張り合いはそこら中で起き、幹部がきちんと対処してくれたかどうかは疑問だ。

また、苦難体験レベルが高いほど、幹部候補になっている風潮があった。その体験を通して力強く芯が揺るがない励ましができ、結束が強くなる。また活動にも熱が入り、必然と幹部候補に名前が挙がるのだと感じていた。

それ故、どのような体験をしたかが大事だ。指導にあたる幹部でも、持っている体験は共鳴できるものの、人間レベルが低いと感じる人は少なくない。表では乗り越えた体験が一つあれば、神様への祈り方や行動のあり方を一通り経験し、結果を出せたということが大切で、人間性も磨かれたと見做される。だが所詮、人間なのだ。三六〇度二十四時間、良い人ではないということだ。

また、新興宗教の神様に祈ったから願いが叶ったと、これまで多くの体験を聞いてきた。それによって洗脳されたこともあったかもしれない。だが、神様に祈ったことで叶えられたことかどうか、実際本人がそう思ったからそうなだけで、誰も証明しようがない。正直、その体験そのものが本当にあったことかどうかもわからない話を、私たちは信じ共感していたことになる。

確かに、神様からの奇跡として捉えている事柄もある。だが、生きていると奇跡と言われることに遭遇することはあると、誰でも聞いたり見たり体験したことはあると思う。

神様に祈っていようが、祈ってなかろうが、奇跡は起きている。そのたまたま起きた奇跡を、自分の行動を変えたことによって引き寄せた運か奇跡かもしれないことを、たまたま神様に祈っていたから神様に叶えてもらったと勘違いすることはあるのかもしれない。

それに、初詣でや地鎮祭、墓参りの彼岸、盆など、日本の文化には祈りとは切っても切れない風習がある。ご先祖様に毎夜願い事を祈っていた人が叶えば、そのご利益をご先祖様からだと思い込むだろう。

生きていれば辛いことなど誰にだってある。宗教活動に熱心に取り組んでいた最中、辻褄が合わないことなど山ほどあったが、都度幹部が言い包めていた。

神様に祈り精一杯活動しているにも拘わらず、「どうしてこんな辛いことが起きるのか?」という問いに対し、「生前あなたが同じことをやったから、今同じことをされている」と言う幹部がいた。そうかと思えば、「その辛い経験を乗り越えて、同じような経験をしている人を助けてあげられるように起きていることだ」と説明する人もいる。すべては幹部、またはその人の捉え方次第ということが多々あった。

自分がやったことが返ってきているならば仕方ないと、真摯に向き合って乗り越える人。逆に、同じ体験をして苦しんでいる人の役に立ちたいと奮い立ち乗り越える人。人それぞれ立ち上がる理由付けが異なるが故、理論も異なっていく。願望によって自分に都合の良い信念が形成されることを、「希望的観測」というらしい。まさに、これに当てはまるような気がした。

「この宗教を辞めたら不幸になる」と散々言われていたある知人が、脱会した時の話を聞かせてくれた。幹部を説得し、やっと辞められたと思ったら、当時付き合っていた彼が結婚詐欺師だったことが明らかになった。これを聞きつけた幹部は、「だから言わんこっちゃない」とばかりの態度だったらしいが、それはどうだろうか。これも、幹部が使っている論理の使い分けと言えるのではないだろうか。

一つは、宗教から抜けたら不幸になると言われた通り騙されて不幸になった説。もう一つは、宗教を辞めたから結婚詐欺師だったことが見抜け、大事に至らなかったという説。見方によって一八〇度見解が違うのだ。

どちらが正しい結論なのか、これも誰にもわからないし、人それぞれなのだ。神様を信じている宗教家は前者だということは、信じていた私ならわかる。

上層幹部に個別指導を受けることがあったが、自分と似通った体験のある幹部を選ぶことが多かった。だが、指導力不足が否めず、私自身に起きたことは、蓄積された体験ともう一人の私の分析力で行動した方が早いと思うことも多かった。

車を預かり、怒鳴り散らす祖父に困っていると話した時も、こんな風に言われたからだ。

「そんなことして、おじいさんが可哀そうじゃない！　車を返してあげなさい！」

昨今、座禅やヨガ、瞑想が精神面や健康面に良い影響を与えるという体験者が多くいる。なんでも宗教色を排除した瞑想では、そのメカニズムの科学的根拠が明らかにされつつあるという。瞑想によって呼吸と体の状態に集中し、脳をクリアにしていくというものらしい。また、自分自身を客観的に見つめ直すことに繋がり、雑念や日常のストレスが浮かんでくるのだとも。

雑念が浮かび集中できないことも、慣れると次第に余計な考えに捉われなく、心が整えられるようになるそうだ。これこそ、少し違った形にはなるが、私たち宗教家の祈りの形に酷似していると思えてならなかった。

よく幹部からは、神様に祈っていると雑念が出てくるけれど、それは祈りに集中していない証拠だと指摘された。私たちが神様に祈るやり方の一つが、姿勢を整え呼吸が一定になっている状態だ。雑念だらけの時もあるが、本当に集中している時は頭が空っぽのような状態になり、ある時ふっと頭に浮かぶことがある。それを皆、神様からのお告げのように捉えているのかもしれない。

さらに幾度となく指導されてきたことは、「〇〇になりますように」という祈り方はダメだということだった。「〇〇になります」と誓いの祈りを上げなければいけないと言われてきた。言葉に神が宿ると信じてきた先人たちの希望的観測なのかもしれないし、本当に神秘的な力が宿るのかもしれないが……。

この瞑想やオマジナイのような祈りによって、自分の心を律する。今悩んでいることにどう向き合うか、脳を整えるための準備運動のようなものかもしれない。

私たち宗教家が神様に祈ったら叶ったと思っている体験は、実は自分の脳を柔軟にさせたことによって可能性を広げ、心や行動を知らず知らずのうちに変えたことでもたらされた結果なのではないだろうか。

自身の潜在意識に念じていることはあると思うのだが、それはやはり、各々がどう感じるかによって捉え方が違うのだろうと思う。


当時の私は、宗教家としての活動を、人のためにすることが大前提であった。だがそれは、幼少期の家庭環境の歪(いびつ)さと照らし合わせる作業でもあった。

恵まれた環境の人が多いことを感じさせられ、現実を見ることの辛さに耐えながら生きていくということだった。他人と比較し、私の環境の方が辛辣だったと思うことで、今の自分の置かれている環境が恵まれていることに、納得するように努力していたのかもしれない。

余計な嫉妬を抱き、自身を蝕むことが一番苦しめる行為だということを知っていた。だからこそ、幼少期の環境が異質だったと認識し直すことに繋がり、心のダメージが大きかった。

人の痛みの程度を計ることはできないし、言えずに胸の内に秘めている人もいたことだろう。だが、相談される悩みは皆、私より平和な悩みであった。私が思っている以上に、世の中は平和なのだと感じていた。

小さな集会で、皆が悩みを打ち明けた内容は大概、夫との価値観不一致や、経済的なこと。それに、子どもが言うことをきかない、子どもや自身の病気、友人トラブル、子どもができない、仕事の人間関係など。世間の悩みと乖離することはない。

私は、痛くて暗い闇を知っている。だからこそ、悩みを聞けば経験していないことでも、その人の痛みを共有することができた。その人が何を辛く思っているのか。本人は何が辛いのか。誰も気付かないことを言い当てることもできた。

それは、漆黒のような生活に、もう一人の私の相互作用が化学反応を起こし、不思議な第六感が出来上がってしまったからなのだろう。そんな感覚があった。何を、どうすれば悩んでいる人の心を晴らせるか。考え行動に移すのが、私の得意分野になった。

人によっては、こうした方が良いとアドバイスしても、疎まれることもある。本人がただ聞いて欲しいだけの場合や、慰めて欲しいだけの時。それに、望んで解決に向き合おうとしていない場合や、提案した解決策に同意を得られない時だ。

人は、痛く辛い思いや苦い経験をして、喜怒哀楽のバロメーターの可動域を広げる。その感情から何かが生まれ、何かが変わる。そうして人間の器が大きくなっていく。私はそう思っている。

その人たちにとって掛け替えのないものが得られるようにと願いながら当時は話を聞いていた。

私の勘というものは、第六感か霊的なものなのか。いつも言葉では出てこない。頭のどこかで、もう一人の私が何かを感じているだけだ。それを人に説明しなければいけない時になって、初めて言葉のタンスの引き出しをあっちこっち開け、最適な言葉を探し出す。そういう作業をする。

ただ、理由はわからないが、感情が乱れている時、この能力を百パーセント自身のためには使えない。それが一番の欠点であった。

そんな私にとって幸福貯金は、喉から手が出るほど欲しかったものだった。そのためなら、「新聞啓蒙で幸福貯金を増やせる」、と言われれば、熱心に活動してきた。目標達成の啓蒙部数は、各地域で決め、達成のために必死になって啓蒙活動を進める。

ある時、幹部が私の自宅に訪問してきたことがあった。その地域が掲げた啓蒙部数がまだ足りず、「一カ月だけでいいからもう一部取ってもらえない?」と提案してきた。

私は、「幸福貯金が増えるなら……」と快諾した。

ところが、それがきっかけになり、一人で何部取っても違和感がなくなってしまったのだ。

地域の目標が達成できないのであれば、「最後は、自分の家に入れるしかないか……」と、当たり前のような思考になっていく。多い時は、一カ月四部も取っていたことがあった。

当時は、「この宗教を知ってもらう機関紙なのだから、多くの人に読んでもらおう。そのためには目標部数を維持しよう」と、言われていたことに、何の疑問を感じることなく、同意し無駄に支払っていた。

だが、新聞の印刷は、地域の新聞社系列の印刷会社に依頼し、刷ってもらっている。部数が増えれば、お互いウインウインの関係になり、企業からの広告料も増えていった。その結果、今まで世の中から叩かれてきた宗教法人は、いつの間にか叩かれなくなっていたのだ。

私たちが汗水たらし稼いできた新聞啓蒙のお金や、勉強会に必要だと言われて買わされてきた書籍代は、多くの企業にお金をばら撒くことに成功し、信者にとっても、過ごしやすい環境が整っていたのかもしれない。しかしその裏で、宗教法人が悪魔に染まっていたなどと、誰も疑うことがなかった。そんなことをするはずがないと、信者は、誰もが思っていたに違いない。世界平和のために活動している宗教法人が悪魔に負けるはずがないと心の底から信じていた。

宗教法人がいう、世界平和＝信者になることという定義に当てはめようとすることは、違うのではないかと思う。

私のように信者でも、精神的虐待をされている子を、見過ごしてこられたのは、弱者を守ろうと活動していることが、表向きだと言われても仕方がないのではないか。

信者であっても、地獄の生活であったことは間違いないし、その祖父母を見極めることができず、幹部にしていたのも、その宗教法人なのだから。

祖母は、幹部になり、信者を幸せにしようと努めていた側だ。自分の足下にいる子を幸せにできない人が、他人に尽くせるのか、本質を疑う。そもそも、この宗教法人が間違っていないだろうか。と……。

入信させることよりも、今すぐに虐待から救って欲しいのだ。

けれど幹部はきっとこう言うだろう。「信仰すれば、その人が変わる」そんな理屈は、私の祖父母には当てはまらなかった。子どもの私の祈りが足りなかったとでも言うのだろうか。

では、いったい何十時間、何百時間、神様に祈れば私は救われたのか。子どもに強要できるであろうか。子どもに、そんな長い時間、祈ることができるだろうか。

私だって、幸せになりたくて、子どもの頃から祈ってきた。だが、一人で黙々と向き合うことの難しさは、よくわかる。親が導かなければ、続けることは無理だろう。私の場合は、虐待をしている祖母が親代わりなのだから、不可能だった。それは、信者にさえなれば、幸せになれると思い込んでいた自分を否定することだった。

私が低学年の時、学校の持ち物をよく忘れていた。一つ忘れ物をすると、ボードに、●シールを自分の名前の所に貼らなければいけない。どんどん積みあがっていくシールの塔は、クラスメイト全員が見える所に貼ってある。「どうして自分はいつも忘れ物をするんだろう」と毎日嘆いていた。そして、忘れ物をすると、いつも担任から怒られた。慣れない学校生活の子どもを放置し、宗教活動に勤しみ、親の務めも果たさない祖母が、祈り続けられるように、子どもをサポートするようなことはなかった。

自分だけ祈り続けた祖母は、今、寝たきりだ。自分でご飯を食べることができない。トイレに行くこともできない。思い出すこともできない。できない尽くしで、一日を終える。それが、毎日神様に祈ってきた人の姿だ。

つまり、祈った時間や、自分本位の祈りではなく、日々の積み重なった行いが、今、現れているのでは？　と思えてならなかった。

祖母が、私の幸せを祈ってくれていたかどうかは、わからない。だが、祈っていたら、祖父からの精神的虐待を止めていたはずだ。

なぜなら、神様を信じていた私は、今度こそ本当の幸せを求め、家族の幸せを誰よりも願い祈ってきた。だから、神様に祈ったことが、自分に掛けた呪いとなり、子どもが教師からいじめられているのを、黙って見過ごすことができなかったのだ。弁護士が、「裁判を起こす相手は、国なんですよ！」と怯んでも、勝ち目がない戦いに、果敢に挑めたのだから。

寄付金を集める時期になると、「多額の寄付をしたら、神様からこんなご褒美をいただいた」と信者に発表し、他の信者に寄付を募らせた。中には、一千万円単位の寄付したという人までおり、皆の関心を集めていた。

私の母が、寄付金を収めた時の領収書も見つかり、当時の私たちの生活から、その額は大金であった。

ある幹部に、率直な疑問をぶつけたことがあった。

「私の父も母も熱心な信者でしたが、父は蒸発し、母は自殺しました。母は、懸命に寄付金も収めていましたが、なぜ自殺したのでしょうか」

幹部は回答に困っていた。

「信心深くやっていた人でも、辞めていった人は沢山いました」

と、回答になっていなかった。寄付した、しない、で、人生が変わるわけではない。ということが、ここでも証明された。寄付した人が幸せになるのであれば、全員が納得した幸せを得られているのではないか。

私の家庭環境を、百人中九十九人は、幸せな環境だったとは言えない、と言ってくれるのではないだろうか。

神様からの幸せを信じるか、信じないかは自由だが、目に見える幸せを手にすることができなくても、寄付したい人はすればいいのだ。それを、もっと、もっと、と、煽ることがおかしい。金額の問題ではない、と言いつつ、遠回しに金額の問題だと受け取られる風潮がよくない。神社の賽銭箱のように、抑圧がなく、もっと真心度が自由だったら良かったのだ。私のような〝幸せ渇望者〟は、弱みを握られたように、とめどもなく出してしまうのだから。

そして、そのお金を社会に還元しているのだろうか。「この宗教を広めることが、社会に還元している」という屁理屈ではなく、今、食べるものもなく困っている子どもがいることを知らないはずがない。その子たちに、手を差し伸べてきたのだろうか。寄付金から、沢山の集会所建設に使われてきたが、その集会所で、信者ではない子どもたちのために、何かしてきたことはあっただろうか。私が関わってきた限り、災害にあった時に開放しただけで、貧困の子どもや、虐待を受けている子のために、何か活動を求められたことも、連絡がきたこともなかった。

子どもが、親の知らない所で信仰をすることは不可能だ。その親を変えるために拡大させよう……と言っている幹部たちの傍で、今、親から殴られている子はいる。その数を少なくする努力を、祈り以外に、現実的に何かやっていただろうか。沢山の議員を支援し、弱者に手を差し伸べることが、神様の願いだと刷り込ませ、今の子どもたちに目を向けていないのではないか。

この議員を送り出せたら、世の中が幸福になると言われ、信者は皆、信じていた。けれど、それを誘導しているのは、恵まれた環境で育った宗教二世であり、彼らが宗教法人の大幹部になると、地獄を味わった者の気持ちを理解することができない団体に、変わっていた。

お祓い箱

それは突然起きた。私は、背後から頭を殴られたような衝撃に見舞われた。子どもがいじめの濡れ衣を着せられ、転校を余儀なくされたのだ。

後ろ盾のない私に、勝てるわけがなかった。そんな当たり前のことすら、最後は宗教が力になってくれると身も心も委ねる間抜けだった。

私はただ、子どもの正義を汚して欲しくなかった。私のように、人を信じられない子どもにしたくない。その強い使命感だけで立ち向かっていたのかもしれない。

嘘を吐き、人の心を弄んでいるいじめから、素直にお友達を助けた咄嗟の行動。それを、教師たちが保身という盾を持ち、圧力という槍を持って攻撃してくる。そんな恐怖心から不眠に悩み、「死にたい」と漏らすようになった子どもに、一刻も早く安心できる環境を整えてあげたかった。

子どもは担任から、「そもそもいじめは起きていない」と、歪んだ道徳観を押し付けられた。「それは違う」と反論した結果、教室で居場所を失った。

一人机で泣いていても、誰も声を掛けてくれる人はいなかった。担任の圧力がクラスを支配していたからだ。「いじめのことはもう話題にするな」と箝口令が敷かれ、その悩みを友達に相談する場所を奪った。

私の子どもは、クラスの中で孤独と向き合わされ、生きている実感が湧かなかったという。ただお友達を守っただけなのに、「いじめはなかった」と言い張る担任を私は非難した。すると、いじめの話が広まった原因は私たちが作った罰とばかりに、子どもに対して執拗に嫌がらせをしてきた。

保身に走った教師たちからの嫌がらせは、折り重なるように子どもを苦しめた。これは身を引いた方が安全は守られるのではないかと考えるようになり、宗教の教えが裏切られた展開だった。そう、私はとうとう正義が勝つ論理を覆し、白旗を上げる決意をしたのだ。

神様を信じてきた私にとって、負けを認めるような行為がどんなに屈辱的だったか。けれど、子どもを人質にされている状況で、学校という閉鎖的空間から守る術がない。子どもの心が壊れてしまったら身も蓋もないと、私は身を引き裂かれるような思いだった。

「死にたい」と口に出していた子どもの病状は、改善に兆しが見られず、私は転校という最後のカードを切ることにした。

自治体は仕方なく調査に踏み切った。そして、数カ月後、調査結果が郵送されてきた。隠蔽体質の教育委員会に期待はしていなかったが、予想通り、私たちが納得できる内容ではなかった。

この調査結果に煮え切らず、どうにかして今後の子どもたちのために、きちんと自治体として教育政策を抜本的に改革して欲しいと私は願っていた。それは、宗教法人から刷り込まれた〝世界平和〟が無意識に働いていたのだろう。


立ちはだかる壁を打破したいという強い気持ちを、宗教幹部にぶつけてみた。

「今後の子どもたちのためにも、首長に話して欲しい」

そうお願いしたが、「なんで私が言わなくちゃいけないの？」と言われてしまった。

また、もう一人の幹部はこんな風に反応した。

「もうやめたら？　引っ越しもしたんだから、あなたはあなたの場所で頑張って。私はここで頑張っていくから。もう連絡を取り合うのはやめよう」

そう言って、見限られた。

この宗教法人は、選挙活動のボランティアを請け負い、選挙のたびに票をかき集めていた。集会では、信者に友人、知人に配布するための選挙用冊子を買わせ、公職選挙法に違反にならない期日までに配り切るというやり口で票の拡大をしてきた。ポスター貼りや、玄関に議員の顔付きポスターを貼るように半ば強引に配布し、勝利の執念はとてつもなく強かった。

それは、選挙活動も幸福貯金に貯められるという教えから、信者は血眼になって応えていた。また、選挙運営も勿論、信者がボランティアで支えてきた。投票数に応じて政党交付金が入ることなど、幹部たちが集会で一度たりとも口に出したことはなかった。少なくとも、最前線で活動し、さまざまな集会に集っていた私でさえ聞いたことがなかった。幸福貯金の活動に〝お金〟を連想させることになると、クリーンなイメージが汚れると思ったのだろう。そんなことも知らず、歳費をなるべく抑えるように信者は尽力してきた。

選挙演説の日程が配られると、その会場や場所まで応援に駆け付け声援を送る。例のいじめがあった首長だって、この宗教法人の信者ではなかったが、ここの宗教法人の手堅い票が欲しいがために、本部に挨拶に行くほどズブズブな関係であった。

彼が選挙で勝ち続けることができたのは、この宗教法人が票の割り振りをしてきたからだ。けれどそれにも拘わらず、幹部からも見捨てられ、首長も我関せずであったことが、私たちが働き蜂のように奉仕してきたことをいとも簡単に切ったのだ。

そして首長は、教師だったという経歴から、「いじめ対策推進法」の立法に関する立場も担ってきた人物だった。

いじめ防止対策推進法は「守る必要がない法律」、即ち「努力義務法律」と、もう一人の私の中に埋め込まれた。

その中で私たちが選挙応援していたある議員に、このいじめについて県として詰問して欲しいと依頼した。話を聞き、心を痛めてくれた議員は早速、首長に面会した。解決に向けて迅速に対応するよう要求してくれたのだ。

ところが、その書類がまずかった。万が一裁判になった時のために、録音などの詳細は内密にして欲しいとお願いした内部資料を晒してしまったのだ。

結局、この依頼は頓挫した。私にとってなんのメリットもない、かえってマイナスの結果になってしまった。

この議員は、宗教法人から将来有望視されており、厚い信頼を得ていた。結果、上層幹部の顔色が変わる事態となった。個人情報を許可なく曝け出すことはあってはならないことであり、この議員に頼っていて大丈夫なのかと質問した。

上層幹部は一応は親身に聞いてくれたが、翌年に選挙が行われるという時期に、幹部には焦りがあったのかもしれない。いじめは良くないと言いつつ、議員の失態についてはだんまりであったからだ。

宗教団体内では、一般市民こそ侮れないことを自覚していた。私のように、「勝つまで闘え」という教えが刷り込まれていると、思わぬことが起きる。諦めない不屈の精神が、時に仇となるのだ。ひとたび悪評が流れると、どうなるか。不安が過(よ)ぎったのだろう。万が一その議員が落選してしまうと、宗教法人として都合が悪い。

面談が終わって少し経ったある日、こんなことがあった。子どもたち対象の宗教の大きな集会があるのでどうしても親子で参加して欲しいと、ある幹部から連絡が来た。お迎えに行くからと、少々圧力を感じるくらい強い要望だった。私は、「自力で行けます」と断り、依頼通り参加した。

ところが、その集会で挨拶をした幹部がこんなことを話したのだ。

「私は中学生の頃、不登校になりました。原因は、クラスメイトがいじめによって自殺したからです。何か助けてあげられなかったのかと、自分を責めました」

子どもたちが多く集っていた場で、「自殺した」という言葉を発した時、会場がどよめいた。下の子が喉が渇いたと言うので私は席を外し、全てを聞いた訳ではなかったが、今思うと、「聞いてはいけない」という母からの暗示だったのかもしれない。

その幹部の話の後、集会はお開きになったが、出口でその幹部が皆に挨拶していた。私たちもそこを通らなければ帰れないので、会釈して通り過ぎようとした。その時、幹部が私の隣にいた子どもを見たその目が、この自殺した話は、私たちに向けて話をしたことだったのだと、もう一人の私が知らせてくれた。

何かうずうずして居心地が悪く、その原因を知りたいと思った私は、こちらからその幹部に面談の依頼をした。幹部たちは、こうなることを見越していたに違いない。同じ体験を話すことによって、誘き寄せるという常套手段だ。

まんまと騙された私は、打開策が見い出せるかもしれないと、すがる思いで約束の場所に子どもと行った。すると、幹部たちは終始寄り添うような姿勢を崩さなかったが、宗教的な哲学から物申すのかと思いきや、「これ以上何もしない方がいい」と言うばかり。皆、個人的な意見を述べただけであった。

「経験上、いじめた人はいつか必ず自分に返ってくるから、もう追及しなくてもいいのではないか」

そのように言った。ちんぷんかんぷんな説明に、呆気に取られてしまった。

「正義は勝たなければいけない。悪魔に勝たなければいけない」

と私たちを鼓舞し、尻を叩いてきたのはあんたたちだろう。自分の身に起きたことを、納得いくまで追及してなぜ悪いのか、説明がなかった。


この宗教法人は、メディアでバッシングを受けた時、新聞で攻撃してきた。その強気な姿勢に倣って、教師が児童をいじめたことについて、認めるまで追及して何が悪いというのだろうか？　と思った。今まであんたたちが公に打ちのめさなくても、やった人はいつか自分に返ってくるからと、どうして静観しなかったのか、喉まで出かかった。

だが、子どもと同席している場では、相応しくないと呑み込んだ。

きっと信者が脱会しないように、「正義が勝つのだ！」というモデルを見せつけることで、悪者にいじめられているという相関図が、信者の同情を買うことに成功していたのだろう。また、信者は戦っている姿に勇気づけられ、より一層、結束を強めることができていたのかもしれない。尚且つ、集まる寄付金の額も左右されていたのだろうと考える。

だとすると、私たちが彼らと同じことをしようとして止めに入るということは、一信者が行動に移しても、妥当性がなく勝ち目がないということを認め、直々に教えているのと同じだと思った。

そんな保身に走る姿を求めて、信心していたわけではなかった。お金とか、名誉とか、権力とか、そんなもの元々持っていないのだから、失うものはない。これからの子どもたちの未来に危惧し行動しようとした行為が、間違っているから静観していろというのか。

散々世間からいじめられてきた宗教法人が、一人の子どものいじめ問題から手を引かせ、傍観する側に回るなど、あってはならない行為だと憤り、もう一人の私がサイレンを消魂（けたたま）しく鳴らした。そこで私も方向転換し、話すのをやめた。大人しく聞き入れたふりをして帰ることがベストだと、話をまとめ、その場を後にした。

車に戻ると、子どもは憤りを隠せず、感情を露わにしていた。私はなんとか宥（なだ）め、「良い方向に行くよ」と励ましたが、帰宅後も大粒の涙を流し激怒していた。

「私は何も悪いことをしていないのに、悪くないと言って、何が悪いんだ！」

それ以降、子どもは、遅刻早退を繰り返しながら通っていた転校先の学校に行くことをぱたりと止めてしまった。そしてまた、「死にたい」と口に出すようになってしまったのだ。

私の子どもも感受性が豊かで、人の心を汲み取ることに長けている。傷口を止血しきれていない心の状態で、あのようなところに連れて行った自分を私は責めた。

その幹部は、以前面会した幹部の部下であった。上司の幹部から、これ以上議員の名を汚さないように事を収めるよう指示され、集会でいじめを傍観し哀しい想いをした経験を公表し、私たちを誘き寄せる計画をしたのだ。

そして、その罠にはまった私がのこのこ行くと、諦めさせることが目的だった幹部が、あのような話をした。結果、再度子どもを不登校にしてしまった。

この宗教法人が支援している議員は数多くいる。たかが一人の議員を守るために、一般信者に対して子どもに圧力を強めてくることが、そもそもどうなのかと考えさせられた。

しかし、この議員が掲げている公約にいじめに関して触れているところがあり、いじめの条例を作ったのだから遂行できなかったと、汚点にするわけにいかなかったのだろう。

議員は何よりも、実績が大事だとよく耳にしていたからだ。

皆、失うものがあるから保身に走るのだろう。

それは、命よりも重いものなのだろうか？　私は、そうは思わない。ここまで生きてこられたから、得られたものの方が大きい。多くの大切なものを失ってきたが、そこから這い上がってきた精神が、道標になっていることは間違いなかった。

皆、選択を誤ると、どうなるかわかっていないのだろう。難しい選択を強いられた時こそ、保身に走るか相手を気遣う選択ができるかで、後の行く末は大きく変わる。それが全て当てはまらないと理解できるが、少なくとも私は、特異な環境からそう学んできた。議員が一度首を突っ込んだことは、結果がどうあれ、丸く収めることが大切なのだろうと思い知らされた。

その証に、首長から直接私たちに謝罪してもいいという伝言をもらった。しかし、それは非公式なものだ。役所や首長室で行われるものではないと言われた。

私たちが求めているものは、教師が児童にいじめを行ったことを謝罪してもらいたいだけではなく、教育委員会という組織ぐるみで隠蔽を図る淀んだ空気を入れ替えてもらいたかったのだ。非公式に謝罪されても、教育委員会の改革にはならないだろう。首長は、現場の役人を守りたかったからこそ、公に謝罪することができなかったはずだ。それでは本音と建前で、何の意味も持たないのだ。

学校側はいじめを隠蔽し、私の子どもがいじめの主犯格に入っていたと濡れ衣を着せた。残念ながらそれを払拭することができず、転校することを選択したが、その濡れ衣を着せた教師や教育委員会が同席して謝罪するのではないのだから、表向きの「和解の会」にしたかったことが透けて見える。

「時間はかかるかもしれないが、教師と児童が活躍しやすい教育現場を目指して精進します」と公式に謝罪してくれていたら、少しは選挙で応援した甲斐もあったと思えたのだろうが……。

議員を失態から遠のかせる計画が、逆効果となってしまった。そういう経緯だと私は考えている。勿論、正解はわからないが、特別大きな集会でもないのに参加を強く依頼してくることから怪しい。「もうやめなさい」などと止めに入ったことが違和感を生み、私の想像を膨らませてしまった。

私はあの時から、その宗教法人を見る目が変わった。教わった哲学を実践するのではなく、名誉を守ろうとする態度は、保身に走った教師たちと変わらないではないか……。

そして私は、最後の砦であった宗教法人の副会長に、いじめの件で面談の申し入れをした。

その中で、彼はこう述べた。

「あの首長が選挙前にここに挨拶しにきたけど、彼がどんな理由で挨拶しにきたか、彼にしかわからない」

この幹部は政治家になったつもりなのだろうかと、思わせるようなセリフに、全人生を懸けて尽くしてきた神様が、音を立てて崩れ去った。

ここも、昔の私のように、地上では花を咲かせ、根は腐っていた。

秋茄子は嫁に喰わすな

引っ越しが決まった。まずは家の片付け作業へと移り、転校の手続きを済ませなければいけなかった。持ち家だったことで売却するか賃貸にするか、選択しなければならなかった。だが夫も私も議論の余地なく、売却一択に異論はなかった。二度とこの街に戻るつもりはなかったからだ。

私たちのこの決断を、真っ先に伝えなくてはいけない人たちがいた。それは夫の両親であった。

私が結婚したのは、二十歳より少し前。

私は、呪いの家から早く脱出したかった。そこで、一人暮らしをしていた友人が住まなくなった1Kのアパート一室を、友人に家賃を払うことでそのまま借りることにした。

私は当時、未成年。祖父母に賃貸契約を依頼することも、承諾を得ることも不可能な奴隷制度の下部(しもべ)。高校卒業後は、家を出て居場所を教えずに済む方法を模索していたため、借りられたことはとても有り難かった。そこに、当時付き合っていた夫と一緒に住むことになった。

その後、私と夫は結婚を選択し、両家に報告する。祖父は歓迎していなかった。何が面白くないのか、知ったこっちゃないと、もちろん無視した。だが未熟な私は、夫のように両親から愛されている子どもがいることを、本当の意味で理解していなかった。私は、義母の心を慮(おもんぱか)ることができなかったのである。

とは言え、心の整理がつかない義母の様子は、特に私に影響を与えるものではなかった。あるいは、私がアンポンタンで、気付かなかっただけなのかもしれない。

夫が、四百年以上も続いている旧家の本家本元の長男であったことを、結婚するまで知らずにいた。そんなポンコツの私は、その言葉を理解せず、はぁーと気の抜けたことしか言えない世間知らずだった。

シキタリまみれの大変なお家柄に嫁いだことを、しばらく経ってから知ることになる。その一つ一つを守り継承していく重みを、当時の私はまるで感じることなく、ケロッと受け流していた。

ところが、その安易な考え方にムチを打つ出来事が起きたのだ。当初は、手を広げて迎えてくれたかのような夫の家族だった。しかしその家柄、育ちの違いから、私は傷だらけになるのだ。

無論、私は豪華な結婚式を挙げるような家柄でもなく、お金もない。

「結婚式なんて絶対に挙げない」と、子どもの頃から誓っていた。

だが、夫の両親も譲らない。私の母は病気で亡くなり、父は離婚してどこにいるかわからないこと、祖父母に育てられたことを夫が説明してくれた。しかし、義父母の返事は、「粗相のないようにしなければいけない」だった。誰に対して、「粗相のないように」なのだろうかと少しも共感できず、仕方なく祖父母に相談した。

祖父母は、隣県の田舎出身だった。その割に標準語を話し、知的な格好を好んだ祖父は、会社員時代にポケットチーフを入れるような洒落た人でもあった。都会的な老人夫婦に育てられた私は、田舎の風習とやらを知らずに育った。祖父母が、実は田舎の風習に詳しいと知ったのは、この時だったかもしれない。

祖父母は、驚いた顔をした後にこう発した。

「相手に合わせた方がいいけど、結婚資金がね……」

「そうだよね、うちにはそんなお金ないし」

と、私は頷いた。「この結婚は無理なのかもしれない」と思った私だったが、夫と義父母からの返事は、予想を上回るものだった。

「結納をやらない代わりに、支度金を払いますから、それで賄(まかな)ってください」

祖父母は、その言葉に困惑していた。

それでも、親がいない私には、結婚式を挙げることに抵抗があった。自分の不幸を世間に知らしめる必要があるのかと、自問自答した。父と母がいないのは仕方がないと諦めていた。私は我慢することに慣れていて、胸の内を夫に話す必要性を感じていなかった。

結婚式は、新婦を華々しくお披露目する場だと思っていた。ところが私たちの結婚式は、義父母のプライドや、本家の名誉のために執り行われるのだ。凍み豆腐のように出汁をたくさん吸わされ、吸い切れない出汁は垂れ流された。それほどまでに現実を思い知った。

結婚式にいくら掛かるかも知らない、式に興味のない私は、仰せの通りの式場を、仰せの通りの日取りで予約を取った。順調に進んでいるようだった。

そして支度金を受け取った時のあの厚さと、見たことも触ったこともない重みに、思わず声が漏れそうになった。「こんなに簡単にお金を出す家ってあるんだ！」という、陳腐だが素直な感想を持った。

夫の家族が、数年前に手術をしたという話もそうだった。内々に担当医師に渡した金額をさらっと告げられ、息が止まってしまった。私の支度金と同じではないか！　正規の金額を窓口に支払うだけではダメなのかと驚いた。お金に対する価値観が異なる、知らない世界に足を踏み入れた実感が、毛穴一つ一つから湧いてくるようだった。

「そもそも受け取るの？」と聞いたが、「受け取るわよ」と、当たり前だという涼しい顔で義母に言われた。

成人式に着ていく着物がないから参加しないと決めた時、

「妹が着た着物があるから、写真だけでも撮ったら？」

と、夫が提案してくれた。着付けをしてもらった美容師が、

「この着物は素晴らしいですね」

と、感嘆していた。義母に、いくらの着物なのかと聞くと、高級車一台が買える金額をさらっと言った。

私は、「天と地がひっくり返る」とはこのことだと、全身がひきつった。生きてきた環境があまりにも違いすぎ、私の結婚生活は前途多難だと悟り、アッパーカットをくらった。

私は親戚に遠退(とおの)かれる生活を送っていたが、結婚式を挙げるにあたり、祖父母の兄弟が集まった。夫の親戚が占める座卓は、私の方よりも四倍以上多かった。席次を作成する段階から、惨めで仕方がなかった。それを当日、参加者全員に配らなければならないのだ。

そこから伝わるのは、不釣り合いな両家と新郎新婦。夫側は祝辞を頂戴できる人が大勢いても、私には頼める人がいない。何一つ、公にできるようなものを持ち合わせていない私は、夫とはアンバランスだった。

そして一番の悩みの種は、私と祖父母の名字が違うということだった。夫の関係者から疑問を投げかけられることは想像できた。母の死を蒸し返されるのではないかと、案内状や席次に○○家と書かれることにも神経を尖らせた。

さらに、披露宴での最大の涙の見せ場といえば、新婦が両親に向けて読み上げる感謝の手紙である。私は迷うことなく、式次から省いてもらった。祖父母に育ててもらった経緯に触れない訳にはいかず、感謝すべき言葉も見つからない私は、これ以上、哀れな新婦を晒さないで欲しいという切実な思いであった。

準備が進むにつれ、世間とのズレが露呈する。不幸をあざ笑う鬼神が、純白のドレスを纏(まと)った新婦に囁いているようであった。

この世で一番不幸な花嫁――。

披露宴が無事に終わった。身支度を済ませたら、夫の実家に顔を出すように言われていた。言われた通りに伺うと、田舎の何百坪もある敷地に建つ広間が連なった屋敷は、大宴会場になっていた。

義父母が客人をもてなしている。私は挨拶するように言われたが、どんな挨拶をすればよいか何も聞かされていなかった。準備不足だった私は、義母に促されるまま三つ指を付き、「よろしくお願いします」と廊下で頭を下げた。

義父母は惨めな花嫁から夫との結婚を辞退してくれることを、どこかで待ち望んでいたのだろう。後に第一子を切迫早産で入院した時も、一度も見舞いに来なかったのだから。

私はとうとう我慢の限界を超えてしまった。よりによって、友人たちが開催してくれた二次会の挨拶で禁断の言葉を発してしまった。酒が呑めないので、もちろん素面だった。

「私は結婚式を挙げたくなかった……」

会場が一気に凍り付いた。「やってしまった」と動揺した。だが、抑えることができない不満だらけの結婚式に、やっと本音が言えた。若気の至りで済んでいればと願いながら会は閉じられた。

その後、改めて義母と数十軒ある近所や親戚に菓子折りを持って挨拶回りをし、ようやく一段落した。こんなに人前に立たされたことなどなかった。私の人生は狂ったかのように、今までとは異なる歯車が回り始めていた。

　そして、あの時の支度金で、新婦側の支払いが賄えるように、見すぼらしくないよう気を配りながら削った結果、祖父母が賄う費用は一切なかった。それどころか、祖父母の身支度費用や、親戚の着物レンタル代もそこから支払われた。祖父母は、差額や残金を新生活に返金してくれる訳もない。見たこともない厚さの支度金は、私が触ることなく消え失せた。相変わらず貧乏神は、私にぴったりくっついていた。

　その後、浮上した問題が新居だった。1Kのアパートでは手狭なため、資金もない私たちは、夫の実家に入れないかと相談した。すると、義母に相談してきた夫の口から出た言葉は、思わぬものだった。

「どうせ入ったって出ていくことになるんだから、自分たちで暮らしなさい」

　この言葉は義母からの宣戦布告だったのだ。

　転職したばかりの夫の給料と私の給料を合わせても、貧乏生活から抜け出せるわけもない。一体どこで、どうやって暮らしたらよいのか見当もつかず、信頼できる友人のお母さんに相談した。すると、県営や公団といった、所得に応じて家賃が設定されているところがあると教えてくれた。

　すぐに調べ資料を取りに行くと、秋に抽選会があることがわかり、早速申し込むことにした。県営住宅はトイレが和式のところもあり、和式か洋式か選択ができないと説明を受けた。そこで、すべてが洋式トイレに変更されている公団に申し込むよう決めたのだ。

　運良く、一回で抽選に当たった。引っ越しをすることができたが、披露宴にあれだけ注ぎ込んだ義父母からは、新居への援助は一切なかった。

夫が大事にしていた車を売ったお金を引っ越し資金にし、通勤用に軽自動車をローンで購入。私が連れてきてしまった貧乏神が最強で、夫も巻き込んだ貧乏生活を送ることになった。

この頃、第一子を身ごもった。悪阻が酷かったことから仕事を辞めざるを得なかったことも、貧乏神の仕業だったのかもしれない。

祖父母はもちろんのこと、引っ越し後に義父母が訪問してくることがなかったのは、異常ではないかと今さらながらぎょっとする。

ある晩、親戚が一堂に集った時、リンゴの皮を剥けるかやってみろと、素面の義父が私に投げかけた。あの時は、みんなの前で恥をかかせようとしたのではないかと思った。

私の母はお菓子作りが上手で、幼いながらも母を手伝っていたことから、記憶を頼りに小学生の頃から一人でお菓子作りをしていた。寂しさを紛らわす時間が必要だったのかもしれないが、そのお陰で果物の皮剥きくらいはできたのだ。

だが、あえて披露することはしなかった。これ見よがしにやってのけることもできたが、義父の鼻を明かすことは、今後の自分の居場所を失う損失が大きいと見積もり、はぐらかして終わらせたのだ。妹は箱入り娘で料理もできない癖にと、嫌味を言ってやれば良かったと、毒舌なもう一人の私が顔を出す。

思い返してみても、歓迎されていないことは明らかであった。でも、特異な環境で育った私には、義父母の嫌がらせは痛くも痒くもなかったのだ。今まで気付けなかったことも多いが、もう一人の私が眠りから完全に覚めていなかったのか。嫌がらせが優しすぎて、まったくダメージがなかったのだろう。

その後、夫の職場の異動もあり、夫の実家の街にあるアパートに転居した。ここから、お義父さんからお父さんへ、お義母さんからお母さんへと、私の中で呼び方が変わっていった。しばらく、営業で訪問した人から、「娘さんですか？」と間違えられるくらい、距離が縮んでいた。しばらく、「お父さん、お母さん」と呼べる人がいなかったことが、違和感なく頼れ、関係構築に変化をもたらせることができたのかもしれない。

その代わり、義理の妹とはどんどん距離が広がっていくことを肌で感じていた。それでも、後々この家を切り盛りしていくのは私だ、という自覚があったため、気に留めずに済んだのかもしれない。妹は家を出る人間なのだからと。

そんな夫の両親と再び関係が悪化したのが、子どもの濡れ衣事件であった。校長がいじめを認めない限り前に進むことができず、苦しんでいる子どもを助けたい一心で、お父さんとお母さんに相談しに行った。

一時間かけて経緯を説明し、「この事態をなんとかするために、教育委員会に相談しに行きたいんだけど」と聞いてみた。

「そんなことしたら、この辺みんなに知れ渡るだろう！　学校に行けているなら、それでいいだろ」

お義父さんは強く突き放した。学校に行けていても、苦しみながら、床を這いつくばって行くのだ。懸命に正義が勝つと信じている子どもに、「行けているならいい」と匙を投げたこの言葉に傷ついた。

もうここは、頼れる居場所ではなくなったのだと知った。

「引っ越して、転校するしか方法はないかもしれない」

涙を浮かべながら、早々に「転校」という文字を、もう一人の私は示していた。そして、その家を後にした。

その半年後、教育委員会も思ったような解決に動いてくれないことから、事態はさらに悪化していった。もう一人の私の予言通り、引っ越しと転校という選択をすることになり、手続きを済ませた。翌日、お義母さんに電話をし、引っ越しと転校をする旨を伝えると大激怒だったのだ。

「なんで相談してくれないの？　身内でしょ！」

身内……。所詮、嫁は家族にしてもらえなかったということなのだろう。叱責されたことよりも、その言葉が古傷を抉(えぐ)り、憤った。

実の息子よりも家に通い、義父母に尽くしてきた。頼れる親戚も家族もいない私は、孫の世話を手伝ってもらえたことに感謝の気持ちを表し、本当のお父さんとお母さんのように慕おうと努力してきた。だが、よそ者に変わりはなかったのだ。

子どものいじめのことで疲弊している心は、容赦なく切り刻まれ、関係改善は無理だろうという終縁宣言だった。これは、「家の敷居を跨ぐな」と言っていることと等しかった。それでも引っ越しを諦め、義父母の機嫌取りをすることよりも、子どもの命が大事なことに変わりはない。私の気持ちは、一切揺らぐことはなかった。

ここでも、私の本性を炙り出すための試練が起きていた。目に見えない存在が、どれを選択するか薄ら笑いしているかのようだった。

それから、義父母との関係は悪くなり、義理の妹も連絡に応じてくれなくなった。夫の親戚からも総スカンされ、関係が悪化してしまった。

私と違って、夫には両親が揃っている。そんな両親との関係を悪化させたまいることが心苦しく、夫や子どものために、義父母に私の至らないところを謝罪した。しかし、許してはもらえなかった。

「新居に遊びに来てください」と招待しても、義父母が足を踏み入れることはなかった。結婚した当初の関係に戻ってしまっていたのだ。

けれど、彼岸や盆には墓参りをしながら両親の様子を見に行くように夫に促してきた。最初の頃は私も帯同することができなかったが、精神的に落ち着いた頃、訪問したことがあった。しかし、義母が私に抱く嫌悪感は相変わらず健在で、いつも座っていた茶の間の下座に座ろうとすると、「あんたは嫁ではない」と言わんばかりに一瞥し、夫が座っている上座の隣に座り直したという出来事があった。

加えて実家には、私たち家族一人一人に専用の湯呑があった。子どもたちがお茶を飲めるようになった記念に、その子用に新しく買い足されてきた。けれど、大きさも形もバラバラな愛着のある湯呑たちに代わって、出てきたのは綺麗なお揃いの客用湯呑だった。

「あんたたちは家族ではない」

と再度警告されたような、まるでレッドカードを示されたような気がして、居心地の悪さを与えられたのだった。

子どもの心にまた傷を負わせてしまったのではないかとハラハラしたが、思ったよりあっけらかんと、

「きっと捨てたんだね」

と言っていた。私は、

「お客様扱いしていただいて有り難いわ」

と、子どもたちを紛らわす。だが、愛着ある専用の湯呑たちが茶びつから姿を消し、余白が広くなった空間と、義父母との関係が相関しているようで、とても侘しい。

ところが、そんな誤魔化してきた心と向き合う時がきた。

義父母は、私たちが自らの意志でその街を離れたことをいいことに、「自分たちが孫を見捨てた」ことを周りに知られないように立ち回った。「自分たちは何も悪いことはしていない」と意地を張り、関係悪化の原因は私たちにあると責任転嫁した。

私の祖父が、母の死は父という男と私にあると責任転嫁してきた悲劇が、再び起こっていた。

それを知らない私たちは、懸命に関係改善のために努力していた。

いつものように彼岸に家族で墓参りに行った時のことだ。そこで住職とばったり出くわした。お互い存在に気付いたため挨拶を交わしたが、住職の挙動不審な動きと、目を合わせずに急いで立ち去った後ろ姿を訝しんだ。

まるで墓参りに来て欲しくないような態度に声を掛けようとしたが、子どもたちが隣にいたことから、もう一人の私が深掘りすることを阻止した。だが、深く追及することはできなかったが、何かが起きているともう一人の私も警戒していた。

しばらく理解することができぬまま時間が過ぎたある日、とんでもないことに気が付いた。本家の大事な法要に、長男である夫が呼ばれなかったのである。あの時の引っ掛かりの意味を、ようやく理解した。

既に時遅し……。

絡み合った糸をほどく作業を、止めるときがきた……。

田舎の本家にとって先祖の法要は重要任務である。それに呼ばれなかったという意味が、とてつもなく大きなことを意味していた。

それは紛れもなく〝勘当〟という烙印を押されていたのだ。「これからの先祖の法要を仕切っていくのは、お前たちではない」と、親戚やお寺の住職に知らせたのだ。

実の親と過ごした時間が短い私は、夫には親との縁を大切にして欲しかった。それ故、縁を切られることは、私にとっての踏み絵であった。

祖父の介護で拒絶された〝家族〟という箱。再び、家族の箱から出されてしまった私は、呪われているのかもしれない。

その努力は、もう二度と報われることがないと悟り、「財産目当てで歩み寄ってくる」と言われ続けてきた悪魔の言葉たちを、私の手で払い除ける決意をした。

鳴りやまない蝉の声が、もう一人の私の中でこだましていた。

善悪の行いによって未来が決まり、与えられ、生かされているこの世だとしたなら……。

私にとって生きることは、選択すべてが命懸けだ、ということなのかもしれない。それはとてつもなく苦しい生き方だった。

人生のリブート（再起動）

納戸に仕舞い込んでいた、祖父母の古びた資料から手を付けることにした。シュレッダーに掛けるにも、一枚一枚確認してからの作業に気が遠のく量であった。

なんでも取っておく祖父の性格が仇となる資料が、次から次へと出てくる。それは、父という男の借金が原因で、母が命を絶った家を売却しなくてはいけなくなった……。そう組み込まれていた祖父の呪いの言葉と、出てきた資料とは異なったことを示していた。

確かに父という男の借金明細書も出てきて、祖父が父という男の連帯保証人になっていたことも明らかになった。だがそれ以上に驚愕だったのは、祖父の借金が、父という男の借金を優に越していたということであった。それによって家を明け渡すことを選んだにも拘わらず、父という男のせいだと言い張っていた祖父。保身や隠蔽した人たちと同じような腐った土壌で育ち、肩をそびやかしていた祖父が脳裏に蘇る。

私は、保身に溺れた人と生活をしていたのだ。騙されていたのは、もう一人の私が呪いというウイルスに侵されていたからだと言い訳を準備しておかなければならない。そうでもしなければ、自分自身の体を殺してしまいそうだった。

生前、母がやりたいといっていた喫茶店経営に、素人なのに退職金をはたいて手を出した祖父。借金を重ね、店仕舞いを余儀なくされ、家を売却したという顛末だった。

初めは順調に売り上げを伸ばしていたが、老朽化により建て替え、店を新たにしたところから雲行きが怪しくなっていった。その建物は、町が管理している物件であったため、地元議員に口利き料を渡すようせがまれた。ケチな祖父が拒んだ結果、依頼していた図面とは全く異なった店内が出来上がっていたという。店の出入り口や、窓の開閉も客にはわかりにくく邪魔な取り付け方であった。

特別評判になるような看板メニューがある訳ではなかったため、次第に下火になり借り入れが増えていった。その後、自宅を売却し借金を清算。あの欠陥だらけの建売住宅を購入したところから、祖父が考える終活が計画され実行することになったのだと、その並々ならぬ決意を感じた。

金があると勘違いされた会社員時代に、母や父という男から集(たか)られたことで借金を背負うことになった祖父は、二度と同じ過ちを犯すまいと、貧乏の振りを祖母と演じ切った。私は見事に呪いによって騙され、年金生活者が孫を育てていることの悲痛を真に受けた。とにかく質素に慎ましく暮らしていた生活に、疑う余地などなかった。私なりに迷惑を掛けないよう、無色透明になろうと努力した。

けれど、祖父母の憎しみは想像を超えていた。私が結婚をする時、実家から持ってきた荷物の中から、祖父母が愛用していた見覚えのあるカレンダーが入っていた。その裏に何かが書かれていた。

二度と戻ってくるな
お前を育てるのにどんなにたいへんだったか
おじいちゃんとおばあちゃんに感謝しろ
死んでも来なくていい
墓参りだけすればいい

0点に近い出来の悪いポエムのような手紙は、奴隷に下す最後の指示だった。祖父に書けと言われて書いたと思われる祖母の字。それは祖父の言葉であり、私の荷物に入れたのは祖母である。

この人たちは、もう二度と引き返すことができない道を選んでしまった。花嫁に向けたポエム調の手紙から、「タッタラーン」と笑いが起きるはずがなかった。

この人たちに、何度心を殺されてきたか数えきれない。これが私を哲学で救ってくれた、同じ宗教を崇めている人たちなのかと、宗教に対して疑心暗鬼が芽生えた。

祖父の指示に従わざるを得なかった関係であったかもしれない祖母もまた、宗教法人では指導する立場の幹部である。幹部選出には、やはり人柄重視より、体験重視だったことが明白なのだ。祖父の傍にいてさまざまな体験をしたことで、幹部に成り上がったのだろう。こんなことを行う人間が哲学のいろはを指導しているのだから、私からすれば偽りにしか見えなかった。

己の保身に走ってしまった寝たきりの今の祖母に、祖母から教わったことをそのまま言い返してやりたい。

「原因はあなたがつくったのよ」

お門違いも甚だしい。私を怨む原因は、「年老いた年金生活で、孫育てをしなければいけない」ということだけとは到底考えられなかった。老いとともに忍び寄ってくる孫を、今のうちに排除しておかなければいけない理由がどこにあったのか。

この時はまだ、もう一人の私が妥当な理由を見つけられずにいた。

転校先の学校に赴き挨拶を済ませたが、子どもは、学校に行く気にはなれなかった。教頭先生より電話があり、一度ご両親に来校して欲しいと依頼された。出向くと、登校できなくなった経緯を聞かれた。

「以前の学校から、何も聞かされていないのですか?」

夫が質問を返した。すると、

「あちらの教頭先生に電話したのですが、理由は言えないと言って、教えてもらえなかったのです」

と、言う。私と夫は目を合わせ、これまでの経緯を端的に話した。今後の子どもの精神状況を鑑みながら、登校に前向きになってくれれば嬉しいと伝え、欠席が続くであろうことを示唆した。

その後、子どもの心の傷を止血しても、にじみ出てくる鮮血を完全に止める術を見つけ出すことができなかった。時間の流れゆくまま身を委ね、自然治癒に頼る方法しか残っていなかった。ところが、越してきて早々に、今度は夫に辞令が出たのだ。なんと、あの怨みのある県に戻らなければいけなくなったのだ。

本当にいろいろと翻弄された時期であり、私は日々のことに忙殺されていた。下の子の転校手続きも含まれていたため、とにかく処理タスクが多かったことだけ覚えている。新居での新生活のために、荷解きも進めなければならない。合間に片付けをしていると、また目に付いたのは祖父母の段ボールであった。

それはどさくさに紛れて、何度も他の引っ越し荷物と一緒に行ったり来たりしていた。なんとなく中を開けて確認していると、不思議なものが出てきた。私と母が暮らすはずだった家の賃貸契約書が出てきたのだ。

契約日の翌日に亡くなった母とその場所で住むことはなかったが、見たことがある住所に血の気が引いた。そこは、私たちが少し前に住んでいた近所と思われる住所だった。調べてみると、子どもが数カ月前に転入した学校の学区内にあり、母が生きていれば、私はその学校に通っていたかもしれないのだ。

何かに導かれているのか。誰かに手綱を引かれているような気がした。恐ろしく、不思議な足跡。だが、それだけでは終わらなかった。

今度は古いアルバムが出てきた。それは小学校のアルバムであり、母の姿が写っていた。その小学校は、これから下の子が通う学校だったのだ。子どもが通う中学校も、母が卒業した母校であった。

この偶然を、どのように受け止めたらよいのか？　誰かに答え合わせをして欲しいという欲望に駆られた。

「やはり、下の子は母の生まれ変わりかもしれない……」

それを題材に、もう一人の私とやり取りした。

「母が人生をやり直しているのではないか？」

そう結論を出してきた時は、否定することが難しかった。

祖父が私を煙たがり、介護拒否をしていた時も、私にぴったりとくっ付いていた母の生まれ変わりの子。母は自分が自死したことで、祖父母に迷惑を掛けたと心を痛め、祖父母を見守るために時期を選び、生まれ変わってきたのだろうか……。

この世には不思議なことがあるのだと、信じられない気持ちを抑えながら、残っている段ボールを片付ける。すると、また目を引くものが出てきた。祖父が交通事故を起こした時の被害者からの嘆願書だった。

私もこの時同乗していたから、とても鮮明に記憶していた。私たちが暮らす予定だった賃貸物件を内見し、祖父母と私が乗車する帰路の道中に起きた。当時は、後部座席にシートベルト着用義務も施されていないような時代。私は後部座席に座っていたが、突然、祖父の大声とともに体が運転席シートに強くぶつかり、頭を強打した。何が起こったかわからず、頭を打っただけで、幸いにも私たちには怪我がなかった。

どのくらい車で待機していたかわからないが、警察官に車から降りろと指示された。雪がしんしんと降り積もり、極寒だった外に立たされた。傘も差せず、とにかく寒さをしのぐために足踏みをしながら待った。通りかかる警察官には、「大変な事故を起こしたんだぞ！」と、鬼のような形相で怒鳴られた。やり場のない怒りを向けられた私たちは、ただ黙って受け止めるしかなかった。

しばらく経つとその警察官が、「事故処理車に乗って良い」と案内してくれた。だが、ドアは開けっぱなしにされ、車内はエンジンが止められたまま、吐く息が白いのは外と変わらなかった。遥か上から降ってくる雪をしのげただけ良かったのか、犯罪者家族に対する冷遇を咎めるべきだったのか。幼い私に選択権はなかった。

霜焼けになりそうな足は感覚がなく、私はそこから記憶をなくしていた。記憶が残っていないということは、また寝てしまったのだろう。祖父が大変な事故を起こしてしまったことは、体を打ち付けた時の痛みや、警察官から怒鳴られたことから悟っていた。

それからどのくらい月日が経ったかわからないが、祖母が深刻な面持ちでこう言った。

「おじいちゃんが、刑務所に入れられるかもしれない」

黒いものに巻かれたような様子で、必死に神様に祈っていた姿が思い起こされる。それがいつの話だったか、記憶が曖昧なのだ。幼い私が裁判という言葉を理解する訳もなかったが、大変なことだという意味合いでは受け取っていた。

祖父が、裁判に掛けられることになったのは知っていたが、しばらく車に乗れない時期があったということくらいしか私には教えられていなかったように思う。それからいつの間にか、また車を運転するようになっていたが、詳細に触れてはいけない気がして、曖昧なまま時間が過ぎて行った。

例の儀式の時、祖父は大抵酒に呑まれた状態であったが、当時の事を振り返ることがあった。

祖父の事故は、祖父の運転する車がアイスバーンだった道路にハンドルを取られ、雪で前方が見えにくかったことで起きた。トロトロ走っていた車の列の最後部に勢いよく衝突してしまい、何台かの車を玉突きしてしまったのだという。祖父曰く、その当時の法律では最後部にぶつかった者のみに全責任があるということだったため、とんでもなかったと嘆いていた。

ただ、目の前にある嘆願書の日付と、私の時計の針が合わないのだ。懸命に記憶を辿り時系列を並べてみるが、その時期だけどうしてもパズルが完成できないのだ。それは、違うパズルと混同させてしまったかのように、難解なパズルであった。

賃貸契約する建物の中で、確かに母は生きていた。帰宅途中に事故に遭い、祖父の裁判沙汰の頃には、母の存在が見当たらない。その頃には、祖父母との生活に変わっていることが不自然だった。時系列で、母が亡くなった日時と記憶が当てはまらない。幼い子どもだったから仕方がないと思う反面、もう一人の私は何かを感じていた。

嘆願書が書かれた日付や事故を起こした日付が書かれているこの紙切れは、事実だろう。万全な措置に余念がない祖父は、なんでもコピーを取る癖が裏目に出たのであった。


下の子が生まれる数年前、実家に顔を出した時のことが思い起こされた。祖父は留守だった。祖母が俯きかげんに、私に向かって言った。

「墓場まで持って行かないといけないことがある」

ドラマでしか聞いたことがないセリフを、この耳で聞くことになるとは……と思った。だがあの祖父なら、たくさん墓場に持っていく話はあるだろうなと思い、少しも驚かなかった。けれど、良心の呵責に苛まれた祖母の様子に、私は簡単にあしらうことができずにいた。宗教の相談ボランティア的な役割を担っていた私の性分から、見過ごすことができなかった。それはどういうことなのかと、形を変えてあれこれ聞いてみたが、噤んだままの口は開くことはなかった。私は勝手に想像し、解釈するしかなかった。

思い当たるのは、母のことだった。祖父は生前、母が父という男と電話で大喧嘩になり、私のことを「自分の子ではない」と言ったことに、母が逆上したのだと言った。それで母は、玄関にあった灯油を自ら被り、火を点けたのだと。祖父は、茶の間でテレビを観ていた。祖母は仏間で神様に祈りを捧げていた時だったと、子どもの私に説明した。

火だるまになった母は、雪が積もる庭を歩いたと、わざと幼い私に想像させるかのように、私の知らない最期を詳細に話す。そして、新聞の切り抜きを幼い私に見せて、決定付けて言った。昔の新聞には犯罪者でなくとも、氏名、年齢、火事の原因や、そうなった理由も載せられていた。大人になって確認しても、祖父の説明に相反した内容ではないため、自死したことは間違いなかった。

そこまで母が追い詰められた本当の理由は、祖父も父という男と同じように、「違う人の子どもじゃないのか」と責め立て、追い詰めたからだろうと想像した。「あの祖父ならあり得る」という結論に至った。

けれど、母は本当に私を捨てたのか。信じたくないという渦に呑まれると、居ても立っても居られなくなった。私はとうとう、宗教の幹部にご指導被ろうと、上層の幹部との面談を希望したのだ。滅多に面談の予約が取れない幹部だったため一カ月ほど待たされたものの、それでも納得ができる回答が得られるならと期待して待っていた。

祖母に一緒に行こうと誘ったが、また俯きかげんに首を小さく横に振り、蚊の鳴くような声で「行かない」としか発しなかった。仕方がないので、私には中間層の幹部が同行してくれ、二人で行くことになった。

神様に祈り忠誠を誓ってきた母がなぜ自殺を選んでしまったのか。そしてなぜ神様は守ってくれなかったのか。どうしても納得がいかなかった。答えの内容次第では、私もこの宗教を続けるかどうかという瀬戸際だった。

それが現実になりそうになるとも思わず、出向いたあの日。まさかの煮え切らない答えに、決断が鈍ってしまった。面会した幹部も詳細がわからないながら、糸口がないか、私から引き出そうとしていたように見えた。それを汲み取った私が、「母は病気だったのかもしれません」と言うと、こんな答えが返って来た。

「そうだね、病気だったのかもしれないね」

父と離婚直前の出来事から、精神的な病だったのかもしれないと、当たり障りのない結論を出して、ほどなく面談は終了した。

実際は、困り果てた幹部に見かねた私が助け船を出し、自分に納得するような答えを自分で出しただけであった。特別な幹部でも、自分の体験したことでなければ何も答えられないというのが実態だった。やはり頼れるのは自分自身しかないのだろうと、私は落胆し帰宅した。

後日、結果を祖母に報告すると、また俯きかげんに身動きしないまま、肯定も否定もしない。触れたら今にも崩れてしまいそうな姿に、困惑した。


あの時の祖母の様子。「墓場まで持って行く」と話した時の祖母の姿と、私が母の自死で幹部指導を受けようと誘った時の祖母の姿は、同じに見えていた。確証はなかったものの、同じことで祖母と私は悩んでいたのではないだろうかと、もう一人の私が誘導していた。

祖父は、私に呪いを掛けるような卑劣な男だ。母を罵ったことは大いに考えられ、言ってしまったが最後、まさか母が自殺するとは思ってもみなかったはずだ。それで私に逆恨みをされないよう必死に呪いを掛け、身の安全を確保しようとしていたのではないか。

結婚した時に、「二度と戻ってくるな」と書いたポエム調手紙も、介護拒否で揉めた時に、「縁を切る」と言って、「おじいちゃんに恨みでもあるのか」と、哀しそうな目で私を見つめていたことも、あれは皆、恐怖からの保身だったと思えば辻褄が合う。

祖父が最も恐れていた存在が〝私〟だったのだろう。老いには叶わず、太刀打ちできない年齢になって、私に狙われるのではないかと、日々恐怖と隣り合わせだったのかもしれない。そうだったにしても、痛め付けたりするはずがないのに。私という人間を、どんな人間だと認識していたのか。私に八つ当たりしてきたことは、意図的だったということなのだろうか。それが当たっているとしたら、祖父と長年生活してきた時間は、やはり偽物だったのだ。その決定的証拠を、まさに今、突き付けられたように感じた。

だが死人に口なしで、今さら聞くことができない。良心の呵責に苛まれた祖母は認知症になり、こちらも当時のことを聞ける状態ではなかった。

その後、日々の生活に追われ、子育てやいじめに関する録音を反訳したり、調査委員会の結果が出て相手の両親とやり取りをしていた。宗教団体の幹部と揉めたこともあり、すっかりそんなことを忘れていた。

そんなある日、祖父の妹が連絡をしてきた。祖父とは歳が離れた妹だ。祖父が亡くなった時に多少の連絡を取り合ったが、それ以来であった。

祖父の命日が近いことで、お墓参りに行きたいとのことだった。約束の日、私が運転する車で少し離れた郊外の墓地まで行った。車中では昔話に花が咲き、知らない過去の話で盛り上がった。しかし、母が亡くなった当時の話に及ぶと状況が変わった。

あの日、母は自ら灯油を被り自殺しようとしたことは間違いないという。だが、灯油を被った時の冷たさで我に返り、思い留まったというのだ。そして祖母が止めに入り、寄り添った。母は心を落ち着かせようと、煙草に火を点けてしまった。それでアッという顔をした時には、炎が上がっていたという。

初めて聞かされた、母が死を思い留まったという新事実。この説明は、祖父母から聞かされたのだろうが、とても違和感のある話だった。

当時、玄関に置いていた灯油の近くに煙草なんか置いてあっただろうか。灰皿やライターなんか置いてあっただろうか。祖父も母も愛煙家だったが、今の時代のように、分煙や禁煙促進などない。副流煙によって健康な人や子どもも平気で害していた時代に、玄関に置く意味があっただろうか。

昔のストーブはマッチで火を点けるタイプのもので、マッチやライターは常備してあった。だが、廊下や玄関にストーブが置いてあった記憶はない。あの家は祖父がすべての権利を有しており、祖父が言ったことは絶対だった。

祖父は、孫に遠慮するような人ではなく、堂々と茶の間で煙草を吸い、窓を開けることなくテーブルに置いてある灰皿に始末していた。家中、車の中も、煙草の臭いが染みついたところで育った私は、その言葉がすんなり入ってこない。もう一人の私も拒否していた。

それに、その現場にいない大叔母が、祖父母から説明を受けた文言に、母が、「アッという顔をした」と、自分が目にしたかのような言葉があった。その印象的な説明の仕方に、私は釈然としなかった。

私はただ黙って聞き、私の中にある情景と、祖父から聞いていた想像の情景を照らし合わせた。大叔母の話と、私の記憶や祖父の説明とが、少々違うことに動揺していた。

母が亡くなったあの日。家の一部が火事になると、祖母が私の寝ている部屋の襖を開け、ここから出てきてはいけないと強く言った。辺りを見渡すと、煙で視界が悪く、鼻に嫌な臭いが絡みついた。襖と柱の隙間から隣の茶の間を覗くと、赤っぽくオレンジ色に染まる部屋が見えた。ただならぬ予感がしたが、気が付くと私は家から一番離れた庭の隅に立ち、呆然と家を眺めていた。途中の記憶は飛んでいた。

そこからまた、白煙の中で目を覚ました記憶へと飛ぶ。祖母が背中を丸め正座した姿で、知らない男と話している。その男はしゃがんだ格好で、祖母の斜め前から話をしていた。恐らく刑事だ。それが、母を亡くした日の私の記憶だった。

母と最後に会ったのがいつなのか。新しい賃貸物件で笑う母の姿しか記憶になかった。それから母が遺骨になるまで、母と交わした会話や母の姿はもう一人の私にも残っておらず、母の亡骸と対面することもなかった。

母が亡くなったと聞かされた時の、詳細な記憶が残っていない。消防が駆け付け、辺りは騒然としていたはずの絵が、頭に浮かばないのだ。もう一人の私の記憶がおかしかった。

私はどれだけの時間、あそこの隅に突っ立っていたのだろう。寒い真冬の季節の壮絶な体験は、映像が途切れ途切れになった古いフィルムのようだ。じっと年月を過ぎるのを待っていたかのように、今ここに来て、存在感を増していた。

そこかしこに、強烈な記憶を残したもう一人の私。祖父からの説明も相まって、私の記憶やもう一人の私の記憶がアップデートされていたのか。知らなかったからこそ書き加えられたのか。真相は謎であった。

ところが、さらに奇妙な話へと続いた。時系列が完成形になっておらず、有耶無耶になっていたことを思い出した私は、思い切って祖父の交通事故のことを大叔母に聞いてみた。すると、大叔母から出た言葉が意外で、さらに混迷していくことになったのだ。

大叔母は、祖父が起こした多重事故を一言も聞かされていなかった。その驚きように私は戸惑い、人に見せてはいけないパンドラの箱を、私が勝手に開けてしまったような罪悪感に陥った。

その驚きようから、事故の詳細まで話せる雰囲気ではなかったし、祖父と歳が離れているとはいえ、大叔母も後期高齢者だ。これ以上パニックにさせてはいけないと気遣った。

ただ、祖父の多重事故から三日後に母が亡くなっていることが引っ掛かっており、当初の目論見とは違った推測をしていた。

あの日母は、母と私が暮らす新居を決め、祖父母と私に内見させたのだ。皆、好印象だったことから契約に至ったと思われる。賃貸契約書の期間は、内見した日から二日後の二年間の契約になっていた。

内見の帰り道で、祖父が起こした多重事故。車が大好きで、近所でも車を持っている家庭は殆どないような時代に車を所有し、ひけらかすような祖父だった。それが多重事故で相手を怪我させ、免許証剥奪という汚名と屈辱を同時に味わった。プライドの塊の祖父の人生に、起きてはならないことが、あの時、度重なるように起きたのだ。

当然その矛先は、母に向かったことだろう。

「あんな積雪のある日に、内見に呼び寄せたお前が悪い」とか、「お前のせいで車に乗れない」とか、「お前のせいで投獄させられる」とか……。「お前が、お前が」と、祖父は散々母を怒鳴り散らし、誰も手が付けられる状態ではなかったはずだ。それを苦に、母は自殺したのではないかともう一人の私が頭の中で呟く。

すると大叔母も察したのか、海で溺れているかのような焦りの表情を見せた。自分の兄が人の死に関与するようなことは勘弁して欲しいと思ったのか、祖母にハッキリと聞くべきだと強く言い張った。

認知症で半ばよくわからない祖母のことを知っていて、そう言うのだ。そうではないことを願うあまり、あえて認知症ではっきりしない祖母に聞け……と言われているような気がした。

あの、忘れられない祖母の姿が脳裏をかすめた。

「それはできない、おばあちゃんに今そんなことを聞いたら、ショックでさらにボケてしまうかもしれない」

大叔母にそう言って断った。私の推測した母の死が当たっていようが、間違っていようが、私がそう思うなら、それが答え合わせの結果で良いと、もう一人の私は諭してくれた。

祖父は、必死に隠し通したかった真相を、歪めて私にインプットしたのだ。そして親戚から遠のくことで隠蔽し、保身を図ってきた。それは、いじめを隠蔽した教師たちを通し、母が私に気付いて欲しかったのではないか。そのいじめから次々と明らかにされた真実を受け止めるのに、私にはもう一人の私の記憶を整理する時間が少し必要だった。

母があの時、自死を選ばずに生きる道を選んでいたら……。祖父があの世に逝くまで三十年間、母は謂れのないことで苦しみ続けたことだろう。私があの家を出るまで受けてきた虐待よりも、遥かに酷い日常が待っていたかもしれない。

拷問のような日常で人間らしさを失うくらいなら、新しい人生を私の子どもとして生まれ変わってやり直せているのなら……。そう考えていると、ドクダミとクリームパンの得体の知れないコラボレーションは、消滅していた。

ブランコが大好きだったあの頃の私に、「将来、またお母さんと家族になれる日がやってくるから待っててね」と、優しく頭を撫でてあげたい。

その感情が心を支配すると、母への憎しみが、引き潮のように綺麗になくなっていた。

小さくなった母は
今日もわたしの隣で

本の読み聞かせをしてくれる
時間の流れが交差し
再会を悦んでいるかのような
かわいらしい声で

けれど
小さな母はまだ知らない
あの時
煙草に火を点けたのが
祖父
だということを

母が亡くなったあの日に、もう一人の私が保存していたかすれたフィルムを巻き戻す。

母は玄関で灯油を被り、冷たい灯油で我に返る。その異変に気付いた祖父母が叱責しながら宥(なだ)める。皆、茶の間の炬燵がある部屋に座り、抜け殻のようになった灯油まみれの母も座っている。マーガレットの可憐な花は、半透明になったサンカヨウの花のように、今にも消えてなくなりそうだった。

祖父は、相変わらず母に当たり散らす。ヘビースモーカーの祖父が煙草に火を点けると、灯油を被っていた母に火が燃え移る。祖父の目の前に座っていた母が、「あっ！」という顔をしたのが目に焼き付き、離れない祖父。自分も背中に火が点き、茶の間から雪が積もった庭に飛び出し雪で消火する。

母は自ら被った灯油のせいで、火の勢いが増し、玄関で息絶えた。

祖父は、母が玄関で灯油を被り、火を点け、死に至ったと言っていたが、火事が大きかったのは玄関だけではなかった。茶の間も同等の火は上がっていたことを、私にずっとひた隠しにしていた。

それは、母が灯油を被った後、茶の間に戻ったことを悟られないように、火を点けたのが祖父だったのではないかという疑惑を生ませないために。

そして、茶の間で母が火を点けたことを知っている親戚たちと、私を関わらせないことが、保身を図るために絶対に必要であった。

その一生の贖罪を背負い切れず、私に呪いの儀式をすることで、母が死んだ原因は、父という男と私だと、濡れ衣を着せた。そして、不気味なポエム調手紙で敬遠した。

私が祖父に対する復讐心で躍起になっていると勘違いした、車騒動。あのことが知られてしまったのかと、恐怖に怯える日々。

その結末で、祖父は腹が焼けるような痛みに悶え死んだ。

そう、母が焼かれた痛みと同じ痛みで。

あの時、襖と柱の隙間から見えた光景に、もう一人の私が掛けたロックが今、解除される。

そこは、涙が退化した空間だった。


〈終〉

後書き

私が、自分の半生を本として世に出そうと思ったきっかけは、子どもの虐待や貧困、そして勝手に宗教に入信させられた子どもの洗脳に対し、世の中が一向に改善する兆しがなかったからです。

そんな子どもたちに、私ができることを懸命に考えました。金も権力も地位も名誉もない、私にできることは限りなく少なく、辿り着いた結果が、虐待や貧困、宗教について沢山の方々に周知したい、という思いでした。

私には、並大抵の努力だけではここまで生きてこられなかった苦しい経験がありました。毎日、お金で買える幸せを知らない子どもが、明日がこないことを願っている子どもが、どれだけいるか――この本を読んで下さった方々に、目を向けてほしかったのです。

私は、人間の欠陥品として世に出され、運よく、夫と子どもたちのお陰で、欠陥部分を修理してもらい、正規品に近い状態までもってこられました。それでも、子ども時代に受けた傷が癒えることはなく、子育て中は、自分の一歳の時はどうだったのだろうか――四歳になった我が子を、切ない感情が襲うこともありました。

その中で、この本と向き合うということは、一番辛い作業になりました。記録を捲ることを禁じていたもう一人の私に、約束を破っているかのような罪悪感が襲ったからです。泣きながら書いた章もあり、残念ながら出来上がった本を、一から読める自信は今のところありません。

更に、この本の編集中に祖母は祖父の下へ旅立ちました。新型コロナウィルスに感染してしまった祖母の最期を看取ることも叶わず、私の「偽り家族」は呆気なく幕が下ろされたのです。

この経験により、世の中の子どもたちから〝笑顔〟が退化しないことを心から願い、この本を送り出します。

「いってらっしゃい！」

ここまで私を支え、正規品の人間にしてくれた家族に、最大限の感謝の言葉を贈りたいと思います。


「私に、幸せという種を蒔いてくれてありがとう」

そして、私の半生をこの世に送り出す決断をして下さり、携わって下さった文芸社の皆様に心より感謝申し上げます。

二〇二三年四月

青空　雨実

著者プロフィール
青空 雨実（あおぞら うみ）
幼児期に新興宗教に入信させられる。
母親の死をきっかけに貧困と虐待、洗脳を祖父母から受ける。
結婚後、三人の子育てをする傍ら、祖父母の介護を経験。
子どもがいじめられたことで、宗教から見放され、洗脳が解ける。

それなのに 涙は退化した —サンカヨウの祈り—

2023年4月15日　初版第1刷発行

著　者　青空 雨実
発行者　瓜谷 綱延
発行所　株式会社文芸社
〒160-0022 東京都新宿区新宿1－10－1
電話 03-5369-3060（代表）
03-5369-2299（販売）

印刷所　株式会社フクイン

ISBN978-4-286-23869-2